中華譯學館

莫言題

中华译学馆立馆宗旨

以中华为根　译与学并重

弘扬优秀文化　促进中外交流

拓展精神疆域　驱动思想创新

丁酉年冬月　许钧撰　罗卫东书

海王与智慧的瓦西里萨

俄罗斯民间故事

郭国良◎主编

李芸倩　季辰暘◎选译

总　序

对外交流是当今各国各民族谋求合作共赢的必要途径，是维护世界和平与发展的重要保障，也是持续推动人类文明进步的不竭动力。2000多年前丝绸之路的开辟，直接推动了中外文明的交流，为人类文明互鉴做出了不可磨灭的贡献。丝绸之路连接各方的交通要道，跨越各地的江河湖海，沿途不同的民族、种族、宗教、文化得以交汇、融合，从而架起了人类合作交流的桥梁。

“青山一道同云雨，明月何曾是两乡。”长期以来，在丝路精神的影响下，各国人民在频繁往来中结下了深厚的情谊，文化交流成为推进友好往来的坚实基础。民间传统文化以传播和交流形式丰富多样、内容生动活泼、贴近现实生活等特点受到各国人民的欢迎和喜爱。其中，神话、传说、童话因流传范围甚广、内容通俗易懂、蕴含朴素情感、颇能打动人心而成为中外文化交流的重要内容，为文化融合和文明互鉴开拓了独特的路径。正如季羡林先生所说，“在国与国之间，洲与洲之间，最早流传的而且始终流传的几乎都是来源于民间的寓言、童话和小故事”[1]。重视并发挥民间故事在中外交流中的积极作用，将有效增进各国人民之间的联系和互动，为构建人类命运共同体添砖加瓦。神话、传说、童话是民间传统文化的重要组成部分，它们不仅承载了劳动人民的知识、经验、情感、智慧，更凝结了各民族文化的优秀基因，积淀了各民族共同的价值追求，为各民族文化的发展壮大提供了丰厚滋养，也为后人留下了一笔笔宝贵的精神财富。与此同时，神话、传说、童话能够从侧面反映各国在政治、经济、历史、地理、宗教信仰等方面的变迁，为学术研究提供重要的背景资料和素材。本译丛比较集中地展示了一些国家的民间故事，为增强我国读者对这些国家的了解打开了一扇窗户，也为我们借鉴、学习别国优秀传统文化提供了一个渠道。

通过阅读其他国家的神话、传说、童话，我们能够发现这些国家与中国在文化上既存在悠久的历史渊源，也存在明显的差异。它们最初以口口相传的形式在不同群体、民族、国家之间进行传播。在此过程中，能够反映人们共同情感和价值观念的核心要素得以保存下来，但是受到本民族特有文化的影响，这些民间传统文化也

---

① 季羡林. 比较文学与民间文学. 北京:北京大学出版社,1991:1.

不可避免地出现变形和置换，形成各种各样的异文。我们应该本着“求同存异”的原则，发掘中外文化中的殊途同归之处，尊重不同民族的特点，积极助推中外文化交流与互学互鉴。

中华译学馆组织编选、翻译的“丝路夜谭”译丛，收录的神话、传说、童话既注重意义内涵，也彰显艺术价值。在主题上，有的劝善戒恶，有的蕴含哲理；在内容上，有的叙述勇敢正义的冒险，有的描写纯洁美好的爱情；在风格上，有的清新质朴，有的风趣幽默；在表现形式上，有的平铺直叙，有的借物喻人；在故事情节上，有的简单精练、寓意明显，有的跌宕起伏、扣人心弦。正如荷马史诗等古希腊文学作品开创了西方文学的源流，女娲造人、精卫填海等上古神话开辟了中国文学的疆域，神话、传说、童话在很大程度上启发了世界各国的文学传统。在世界文学这个千姿百态、争奇斗艳的大花园中，神话、传说、童话恰似一朵朵奇葩，它们不应孤芳自赏，而应散发出更加迷人的光彩、吸引更多关注的目光。希望本译丛能够让更多的读者发现它们、了解它们、喜爱它们，在细细品味中领略它们的独特价值和魅力。

需要说明的是，由于神话、传说、童话中也包含了古代人对天地宇宙、自然万物、部族战争、劳动生活等方面的夸张想象或稚拙解说，我们在移译中尽可能保留其内容的原始性，以反映作品的真实性，相信睿智的读者定能甄别鉴辨。

郭国良

2020年5月于杭州

前　言

本书收录的俄罗斯民间故事均选自阿法纳西耶夫（Afanasief）、胡佳科夫（Khudyakof）、埃伦韦因（Erlen-vein）和楚廷斯基（Chudinsky）整理并出版的俄罗斯民间故事集，以及库利什（Kulish）和鲁琴科（Rudchenko）的南俄民间故事集（因没有完备的南俄方言词典，整理起来较为困难，遂仅选取少数篇章）。其中，阿法纳西耶夫的《俄罗斯民间故事》是最重要的来源。该书近3000页，收录了332篇不同的故事——里面还包括一些故事的多个版本，有的甚至有5个版本。胡佳科夫的《大俄罗斯故事》中有122篇故事，埃伦韦因的《俄罗斯民间故事》中有41篇故事，楚廷斯基的《俄罗斯民间故事》中有31篇故事。阿法纳西耶夫还出版了《斯拉夫人自然观中的诗性》，该书中收录了33篇俄罗斯民间故事。我在编写本书时也一直在参考该书中的珍贵资料。

对于廉价故事书（chapbook，即俄语中的“lubok”或

“lubochnuiya”）[①]中收录的俄罗斯民间故事，我只做了少量摘录。然而，我在这里还是提一下廉价故事书。俄语中“lub”的意思是“欧椴树的软树皮”，这种树皮曾经被俄罗斯人用来记事。从前，流行的故事都是印在用这种软树皮做的薄片或长条上的，因此，即使在纸取代了树皮之后，俄语中的“lubochnuiya”还是指这种廉价印刷的读物。

通过廉价故事书流传下来的俄罗斯民间故事本身具有较大的吸引力，但它们不能被认为是有着纯正俄罗斯血统的民间故事，因为很多情况下这些故事只是编撰者对东西方的某些民间传说的改写，这些改写的故事只是采用了俄罗斯的思想和语言形式，从而被包装成“俄罗斯民间故事”。例如，廉价故事书中有几则似乎非常受欢迎的俄罗斯民间故事，人们赞其为“斯拉夫人智慧的创作”，但最后发现，这些故事其实改写自意大利、波斯与英国等国家的民间传说。这些小书的编撰者属于前科学时代，他们只有一个纯粹的商业目标——把书卖出去。

大约40年前，一部由雅各布·格林（Jacob Grimm）作序，收录了17个这种故事的德文版民间故事集出版了，并被译为英文。随后，一个新增了12个故事的德文

① 廉价故事书主要指以前在西欧出现的廉价小开本图书，通常印刷简陋，内容主要为改写的民间传说和童话故事。

版出版了。

近年来，一些德语杂志上发表了几篇文章，讲述或翻译了一些流行的俄罗斯故事，但是直到去年安杰洛·德·古伯纳提斯（Angelo de Gubernatis）教授编撰的博学之作《动物神话》出版之前，俄罗斯以外的地区尚无详细探讨这些故事的著作问世。在该书中，德·古伯纳提斯教授总结了阿法纳西耶夫和埃伦韦因的大部分动物故事，并且充分描述了动物在故事中所扮演的角色。因此，本书中将不收录关于动物的俄罗斯民间故事。

在编写过程中，我不止一次想要放弃其中的一章。在那章中，我曾经试图介绍俄罗斯民间故事的起源和意义。然而，这个主题涉及的内容太过广泛，仅凭一章的篇幅，我不能完全将其阐释清楚。因此，尽管很不情愿，我还是选择减少讲述，让被引用的故事“自己发声”。德·古伯纳提斯教授曾详细论述过俄罗斯民间故事深奥难懂的意义，以及它们对神话解读中的“太阳神信仰”所产生的影响。我请所有对这些趣味无穷的话题感兴趣的人参阅他和考克斯（Cox）先生的著作。我编写本书的主要目的是让读者熟悉俄罗斯民间故事，至于其中所涉及的历史和神话问题，可以以后再讨论。我期待不久以后会出现一位颇具资格的学者，他精于研究俄罗斯与其他国家的通俗故事之间的联系，并能给这个神秘领域带来新的启示。

除了关于动物的故事之外，还有两类民间故事本书尚未收录，一类与历史事件有关，另一类与俄罗斯“史诗”或“格律传奇”中的英雄人物有关。在我的下一本书中，我希望能留出更多空间，来讨论我在本书中未能探讨的内容。

我已经详尽地翻译了这些故事，并且尽可能采用了直译的方法。在某些情况下，一张“未经修饰”的照片比一张精心“加工”过的照片要好得多。换句话说，我试图呈现的是一张俄罗斯故事叙述者的照片，而不是一张理想的肖像。

W. R. S. 罗尔斯顿

1873年

目　录

第一章　序　篇

第二章　神话传说　邪恶的化身

第三章　神话传说　其他化身

第四章　魔法与巫术

第五章　鬼故事

第六章　传奇故事

第一章
序 篇

财　宝

在一个王国里，住着一对非常贫困的老夫妇。老妇人在一个严寒的冬天去世了。老头找遍他的熟人和邻居，乞求他们帮他为老伴挖坟墓，但是大家知道他很穷，都断然拒绝了。老头只好去找神父（但他们村子里的这个神父非常贪婪和势利，毫无良知）。

“尊敬的神父，”他说，“请您帮忙安葬我那过世的老伴吧！”

“你有钱付葬礼费吗？如果有的话，老兄，先付钱吧！”

“不瞒您说，我现在身无分文。但如果您愿意等我几天，我去想法子赚钱。我保证，到时候会连本带利付钱给您的！”

神父还没等老头说完，就说：“你如果没钱，那就无须多言。”

老头想：“我该怎么办？现在只能自己去墓地挖个坑，安葬我的老伴了。”于是他拿上斧子和铁铲去墓地挖墓穴。到那儿后，他先用斧头劈开上面的冻土，然后开始用铲子铲。他铲着铲着，突然铲出了一个坛子。他打开坛子，发现里面装满了闪闪发光的金币。老头喜出望外，喊道："感谢上帝！我终于有钱为我的老伴办后事了！"

他不再挖墓穴了，而是抱着那坛金子回了家。老头有了钱之后一切顺风顺水！他立马找到了为他老伴挖墓穴和做棺材的好心人。老头吩咐他的儿媳买好酒水菜肴，置办酒席——丧事酒席应该准备的都要办齐。而老头则取了一枚金币，步履蹒跚地去找神父。他刚到神父家门口，神父就来到他面前，说："你这个老糊涂，我已经明说了，没钱就别来找我，你怎么又来了？"

"神父，您别生气，"老头恳求道，"请您收下这枚金币。如果您肯为我老伴主持葬礼，您的大恩大德，我没齿难忘！"

神父拿了钱，欣喜若狂，甚至忘了要好好招待老头："啊，老人家！你放心，我会为你安排好这一切的。"

老头鞠了一躬，回家去了。神父和他的妻子开始谈论老头的事情。

"这老家伙！他之前穷得叮当响！但现在一出手就给了一枚金币。我这辈子为许多达官贵人主持过葬礼，但从未从他们那儿得到过这么多钱。"

神父在葬礼上唱了许多赞美诗，并隆重地安葬了老妇人。葬礼后，老头邀请神父去他家参加酒席。屋里吊丧的人很多，席上摆满了佳肴美馔。神父以风卷残云之势，吃掉了三个人的分量，吃完后还看着锅里的。客人们酒足饭饱后各自回家，神父也站了起来，老头打算去送他。走到门口，神父看到只剩他俩后，便开始盘问老头："听着，教友！向我忏悔，你在我面前就像在上帝面前一样，不要让你的灵魂留下任何罪恶。你是怎么突然赚到这么多钱的？你以前是个一穷二白的庄稼汉，现在的你却如此富有！你这些钱是从哪里来的？教友，向我忏悔吧，你杀害了谁？掠夺了谁的财富？"

"您在说什么呀，神父？我会对您说真话的。我没偷没抢，更没有杀害任何人。是这些财宝自己送上门来的。"

老头直言不讳地告诉神父事情的经过。贪婪的神父听到这些话时，激动得浑身颤抖。回到家后，他无心做别的事情，一直在想："这个穷光蛋居然获得一笔飞来横财！有没有什么办法可以把他的那坛金币骗过来？"他把这件事告诉了他的妻子，夫妻俩一起讨论如何实施这个计划。

"老婆，我们有一只山羊，对吧？"

"有的。"

"那么我们等到夜里，然后按计划进行。"

到了夜里，神父把山羊牵进屋里宰掉，并连角带须剥下羊皮，一切都完成后，他把羊皮披在自己身上，对妻子说：“老婆，拿针线来，帮我把羊皮缝紧，这样羊皮就不会滑掉了。”

于是神父的妻子拿了一根结实的针和一些坚韧的线，把神父缝在羊皮里。夜深人静的时候，神父径直来到老头的小屋外，走到窗户下，开始胡乱敲打。老头听到声音，从床上跳起来，问道：

“谁呀?”

“魔鬼!”

“我这儿是神圣的地方!”[①]老头叫喊着，开始画十字祈祷。

“听着，老头，”神父说，“就算你画十字祈祷，你也逃不出我的手掌心；所以你最好还我那坛金币，否则我会让你为此付出代价。之前，我同情你的不幸，才给你看我的财宝，我以为你只会取些丧葬费，没想到你却抢走了所有的金币!”

老头望向窗外，只看见一张毛茸茸的脸，还有两只山羊角——毫无疑问，它就是魔鬼。

老头忖度：“那我就把金币还给魔鬼，我以前没钱也能活，今后没钱也照样能活。”

于是他拿出那坛金币，放到了屋外的地上，就转身

① 这是俄罗斯农民被任何超自然现象吓到时常说的话。

跑回了屋里。

神父抱起那坛金币，两脚生风，跑回了家。他回到家后，说：“看吧！钱到手了。老婆，趁没人看见，快把这坛金币藏好。再拿把刀来，把缝羊皮的线割断，帮我把羊皮脱掉。”

他妻子拿了一把刀，沿着针脚割断缝线，这时神父开始鲜血直流，他痛得哇哇乱叫：“好痛啊，老婆，好痛！老婆，不要割到我的肉！”于是他的妻子换个地方割线，但山羊皮已经和他的身体粘在一起了。他们挖空心思，甚至把那坛金币还给老头，也于事无补。山羊皮仍然紧紧地贴在神父身上。上帝这么做显然是为了惩罚见钱眼开的人。

十字架担保

从前，镇子上有两个富商，他们都住在一条小河边。一个是俄罗斯人，另一个是鞑靼人。但是俄罗斯人因为经商不顺而破产了，他所有的财产要么被没收了，要么被偷走了。这个俄罗斯商人走投无路了，于是去找他的鞑靼人兄弟，恳求他借点钱给自己。

“你找个担保，我就借钱给你。”鞑靼人说。

“我已经一无所有了，我上哪儿找担保呢？不过，等等！我好像有个东西可以给你做担保，那就是教堂上竖立着的赋予我们生命的十字架！”

“很好，我的朋友，”鞑靼人说，“我相信你的十字架。你的信仰或我们的信仰，对我来说都是一样的。”

他给了俄罗斯商人五万卢布。俄罗斯人拿了钱，和鞑靼人告别，然后到各地去做生意。

两年后，俄罗斯商人用借的五万卢布经商赚了十五万卢布。有一天，他碰巧正沿着多瑙河航行，把采购的货物运到别的地方。突然一场暴风雨来了，眼看船就要沉了。这时，商人才想起他是以十字架作为担保跟他的鞑靼人兄弟借钱的，但他没有偿还债务，他想这应该就是暴风雨来临的原因！他刚对自己说完这番话，暴风雨就平息了。俄罗斯商人拿出一个桶，数出五万卢布，然后给鞑靼人写了一张字条，把字条和五万卢布一起放在桶里，把桶扔进河里，自言自语道："我是以十字架为担保借来钱的，这个木桶一定会到鞑靼人手里的。"

这个木桶直接沉入河底了，大家都认为这些钱就没了。但是，鞑靼人的家里住着一位俄罗斯厨娘。有一天，她去河边取水，看到一个桶漂在河面上。于是她往河里走了一小段路，想抓住这个桶。当她走到桶边的时候，桶从她身边漂走；当她放弃，往岸边走回去时，这个桶又跟着她漂了过来。她又试了一会儿，但还是抓不到桶，于是她回家告诉主人发生的一切。起初鞑靼人不相信她，但最后决定去河边亲自看看是怎么一回事。当他到河边时，果然看到桶在离河岸不远的地方漂浮着。鞑靼人脱了衣服进入河中，他还没走几步，木桶就自动漂过来了。他抓住了这个木桶，把它带回家。他在桶里看到了五万卢布，里面还有一张字条。他拿出字条看了看，上面写着：

"亲爱的朋友！我把当年你借我的五万卢布还给你，当时我是以十字架作为担保的。"

鞑靼人看到字条上的话，震惊了。他清点了一下钱，真的是整整五万卢布！

俄罗斯商人在做了大约五年的生意后，赚了不少，于是衣锦还乡，想到他虽然把那个装着五万卢布的桶扔进了河里，但桶可能没漂到这儿，他就想先把五年前借的钱还给鞑靼人。所以他去了鞑靼人的家，把他借的钱还给鞑靼人。然而鞑靼人告诉了俄罗斯人他在河里找到了那个桶，桶里有五万卢布和手写的字条。然后他把字条给俄罗斯人看，说：

"那真的是你写的字条吗？"

"是我写的，没错。"俄罗斯人回答道。

大家都认为这件事很不可思议，鞑靼人说：

"那你欠我的债早已还清，兄弟。把你刚还我的钱拿回去吧！"

俄罗斯商人举行了一场仪式，表达了对上帝的感激之情。第二天，鞑靼人和他所有的家人一起接受了洗礼。俄罗斯商人是他的教父，厨娘是他的教母。从那以后，他们过着幸福的生活。

倒霉的酒鬼

从前，有个老头是一个酗酒成性的酒鬼。有一天，他去了一家酒馆，喝得烂醉如泥，然后摇摇晃晃地走回家。回家的路上碰巧要过一条河。当他来到河边时，他不假思索地脱下靴子挂在脖子上，然后走进了河里。他刚走了不到一半，就被一块石头绊倒，然后就淹死了。

酒鬼有个儿子，名叫彼得鲁沙。彼得鲁沙得知父亲失踪后，每天以泪洗面。过了一段时间，他便为父亲举行了葬礼。此后他就成了一家之主。一个星期天，他去教堂向上帝祈祷。在去教堂的路上，有个老妇人在他前面走着。突然，她被一块石头绊倒，于是开始咒骂这块石头："是哪个魔鬼把你送到我脚边的?"

彼得鲁沙听到后，说："您好，您要上哪儿去呀?"

"我要去教堂做祷告，亲爱的。"

"但您是有罪的。您要去向上帝祷告，心里却想着邪恶的魔鬼；您自己被绊倒，却怪罪于魔鬼!"

他从教堂祈祷完后，径直回家了。走着走着，突然，不知道从哪里来的一个英俊的男人出现在他面前，还向他行了个礼，说："谢谢你，彼得鲁沙，谢谢你的善良！"

"你是谁？为什么要感谢我？"

"我是那个魔鬼。之所以感谢你，是因为那个老妇人自己跌倒了，无缘无故地责备我，你却为我说了一句好话。"然后魔鬼开始邀请他，"来我家看看我吧，彼得鲁沙。我一定会报答你的！我必赐给你金银财宝，还有你想要的一切。"

彼得鲁沙说："好的，我会去的。"

魔鬼告诉彼得鲁沙怎么去他家之后，就立刻消失了，然后彼得鲁沙回了家。

第二天，彼得鲁沙出发去拜访魔鬼。他走了整整三天，终于到达了一片昏暗茂密的森林。森林里矗立着一座富丽的宫殿。他走进了宫殿，看到一位美丽的少女。这位少女是被魔鬼从村庄掳来的。看到彼得鲁沙，她喊道："你来这里做什么，好青年？魔鬼们住在这里，他们会把你撕成碎片。"

彼得鲁沙告诉少女他来这儿的原因。

"那么切记，"美丽的少女说，"邀请你的那个魔鬼会给你金银财宝，你不要接受他给的任何东西，而要请求他赐你一匹瘦弱的老马，那是一匹为魔鬼运木头和水的老马。那匹马是你父亲变的。那天他醉醺醺地从酒馆出去后掉进了河里，魔鬼立刻抓住了他，把他带到这里做苦力。”

不一会儿，那个邀请彼得鲁沙的魔鬼出现了，他设盛宴款待了彼得鲁沙。当彼得鲁沙说要回家的时候，魔鬼说：“我会给你一笔钱和一匹好马，这样你就能很快回家了。”

“我什么也不想要，”彼得鲁沙回答，“如果你想报答我，就把那匹用来运木头和水的可怜的老马送给我吧。”

“你为什么会想要这匹老马呢？如果你骑它回家，它可能会被累死的！”

“没关系，请答应我吧！我别无所求。”

于是魔鬼给了他那匹可怜的老马。彼得鲁沙抓住老马的缰绳，把它带走了。他一到大门口，美丽的少女就出现了，问道：“你得到那匹马了吗？”

“得到了。”

“好吧，好青年，当你快要到你的村庄时，摘下你身上的十字架，绕着这匹马画三个圈，然后把十字架挂在它的脖子上。”

彼特鲁沙记住了她的吩咐。当他快回到他的村庄时，他按照少女的吩咐，摘下身上的十字架，绕着马画了三个圈，然后把十字架挂在它的脖子上。马突然消失了，取而代之站在他面前的是他的父亲。他们看到彼此，相拥而泣。彼得鲁沙把父亲带回了家，老人已经好多天没有说话了，舌头已经无法动弹。从那以后，他们过上了幸福快乐的生活。老人再也不喝酒了。

恶　妻

有个恶妻，她总是和丈夫唱反调。如果丈夫让她早起，她会一连三天躺在床上；如果丈夫让她睡觉，她就会起床闹腾。丈夫让她做煎饼，她会说："你这个小偷，你不配吃煎饼！"

如果丈夫说："如果我不配吃煎饼的话，那你就别做那么多煎饼了！"那么，恶妻就会做一大锅煎饼，然后说："吃吧，你这个小偷，把这些煎饼吃光！"

丈夫说："老婆，你今天不用下地干活，也不用去割干草。"

"不，你这个小偷！"她会回答，"我就要下地干活去，你得跟着我来！"

有一天，丈夫和妻子吵架之后，决定去森林摘浆果冷静一下。他来到一片醋栗丛，在那儿看到了一个无底洞。他突发奇想："为什么我要和恶妻一起痛苦地生活呢？为什么不把她推进这个洞里，好好教训她一顿？"

他回到家后，对妻子说："老婆，你千万别去森林里摘浆果。"

“你这个怪物，我非要去！”

“我发现了一个醋栗丛，你千万别去摘那里的果子。”

“我会去摘的，我还要把果子全摘光，一个都不会留给你！”

于是丈夫去了森林，妻子跟在他后面。他来到醋栗丛后，妻子也立刻跳进了醋栗丛，大声喊道：“小偷，别跟着我，否则我就杀了你！”

然后她钻进了醋栗丛中，扑通一声掉进了那个无底洞。

丈夫欢天喜地地回家，在家里待了三天。第四天，他打算去森林看看情况。他把一根长绳放进洞里，却从洞里拉出了一个小恶魔。他吓得魂不附体，打算把小恶魔再扔回洞里，但小恶魔大声尖叫，恳求他说：

“庄稼汉啊！求你不要把我扔回洞里去！让我到外面的世界吧！一个恶妻来到我们的洞里，一直虐待我们，她掐我们，咬我们，我已经伤痕累累了。如果你肯带我出去，我会帮你一个大忙！”

于是农夫带着小恶魔到外面到处游荡。有一天，小恶魔说：“庄稼汉，跟我一起去沃罗格达镇吧。我去折磨那儿的人，你负责‘治’好他们。”

农夫带着小恶魔去了沃罗格达镇，镇上住着许多富商的妻女。这些富商的妻女被小恶魔附体后就病倒了，还发了疯。这时农夫会来到病人的家里，他一进门，小恶魔就会跳出病人的身体，病人就痊愈了。因此镇上的人都认为农夫是个神医，于是给他送钱，并设盛宴款待他。农夫收钱收得盆满钵满。小恶魔对他说：

“你现在富得流油，满意了吗？我现在要附身于一个大领主的女儿。你千万别去医治她。如果你不听我的话，我就把你吃了。”

大领主的女儿发疯了，还想吃人。大领主命令他的手下去请农夫这位“神医”。农夫来了，他让大领主下令让所有的市民都到街上去。此外，他还让所有的马夫都要使劲挥鞭，声嘶力竭地大喊：“恶妻来了！恶妻来了！”然后他走进大领主女儿的屋里，小恶魔冲他喊道：“你是什么意思，庄稼汉？我警告过你不要来！我要吃了你！”

农夫说：“我到这儿不是来给她治病的，我来是因为同情你，特地给你通风报信的——我的恶妻到这儿来了！”

小恶魔冲到窗边，听到街上的人都在高声喊叫：“恶妻来了！恶妻来了！”

“庄稼汉！”小恶魔慌乱地嚷嚷，“我该躲哪儿去？”

“跑回无底洞里去吧！她不会再回那儿去了！”

于是小恶魔回到了洞里——也回到了恶妻身边。

大领主为了报答“神医”，给了他一笔丰厚的赏金，并将女儿许配给他，还把一半财产赠给了他。

然而，这个农夫的恶妻至今还生活在暗无天日的无底洞里。

三个戈比

从前有一个可怜的孤儿，他没有任何收入，于是他去给一个富农干活，一年的工钱是一个戈比。他工作了整整一年，拿到了一个戈比，于是走到一口井边，把它扔进井里，说："如果这个硬币不沉下去，我就留着它。如果它沉下去了，我就再为我的主人服务一年。"

然而硬币沉下去了。他第二年继续为富农工作，并获得了第二个戈比。他又把钱扔进了井里，然而钱又沉入了井底。第三年，他继续为富农工作。又到了发工资的日子，他的主人给了他一个卢布。"不，"孤儿说，"我不要一个卢布，我只需要一个戈比。"拿到钱后，他又把钱扔进了井里，突然，三个戈比都漂浮到水面上了。于是他带着三个戈比进城了。

他走在街上的时候，碰到几个小男孩正在欺负一只小猫。他可怜那只小猫，说道：

"孩子们，把那只小猫给我吧。"

"如果你想要的话，我们可以卖给你。"

“多少钱?”

“三个戈比。”

于是这个孤儿买了这只小猫，然后去为一个商人看店。

商人的生意非常兴隆，很快他的库存不足了，于是准备出海进货，出发前，他对孤儿说：

“把你的猫给我，它或许可以帮我在船上抓老鼠，并逗我开心。”

“请收下吧，主人！但请你千万别把它弄丢了。”

商人来到了一个遥远的地方，在一家客栈住了下来。店家发现他有很多钱，所以给了他一间里面爬满了无数老鼠的房间，心想：“如果老鼠把他吃了，那么他的钱就属于我了。”因为在那个国家，人们不知道有猫这种生物。老鼠没有了天敌的约束，在那个国家繁衍得极快。商人带着猫到他的房间，上床睡觉了。第二天早上，店家走进房间，发现那个商人还活得好好的，怀里抱着猫，抚摸着它的毛；那只猫咕噜咕噜地叫着，地板上躺着一堆死老鼠。

“客人，请你把那只小兽卖给我吧!”店主说。

“可以。”

“你开个价吧!”

“我要的不多——我让这只小兽用后腿站立，而我抓住它的前腿，你在它四周堆上金块，多到可以把它藏起来——给我这么多金币，我就满足了！”

店家同意了这笔交易。商人因此得到了一大袋金子，他进完货后就踏上返程。当他在海上航行时，他心想：

“我为什么要把金子给那个孤儿？一只猫就可以换来这么多金子！这是多好的事。这笔钱我得自己留着。”

当他决心私吞孤儿的金子时，突然一场巨大风暴袭来，几乎将他的船掀翻。

“啊，我被诅咒了！我私吞不属于我的东西。上帝啊，宽恕我这个罪人！我不会留下任何一分钱！”

商人祷告时，风暴平息了，海面恢复了平静了，船顺利地驶向码头。

“您好，主人！”孤儿说，“主人，我的猫在哪儿呢？”

“我已经把它卖掉了，”商人答道，“这是你的钱，全部拿走吧。”

孤儿收下了那袋金子，离开了商人。他去了水手们所在的河岸。他用金子从水手那里换来了一船香，他焚香后把香灰撒在岸边，献给神。香味传遍了整片土地，突然一位老人出现了，他对孤儿说：

“你想要财富，还是一位好妻子？”

“老人家，我不知道我想要什么。”

“那你去地里。三兄弟正在耕地，请他们告诉你。”

孤儿去了。他看到几个农民在耕地。

“上帝保佑你们。”他说。

“谢谢你，好心人，”他们说，“请问你来这儿做什么?”

“一位老人家让我来这儿问你们，我需要财富还是一位好妻子?”

“你去问问我们的弟弟，他坐在那边的推车里。”

孤儿走到推车边，看见一个大约三岁的小男孩。

“这是他们的弟弟吗?”他心想。

“请你告诉我，我要选择财富，还是一个好妻子。”

“选择好妻子。”

孤儿回到了老人身边。

“他们让我要一个好妻子。”他说。

“没问题。”老人话音刚落，就消失了。孤儿环顾四周，突然看到他身边站着一个美丽的女人。

“你好！”她说，“我是你的妻子，我们以后一起生活吧!”

吝啬鬼

从前有一个富商，名叫马尔科，是个一毛不拔的铁公鸡。一天，他出去散步。一个老乞丐坐在路边乞讨："虔诚的东正教徒，看在上帝的份上，行行好！"

富商马尔科假装没看到那个老乞丐，直接走了过去。跟在他后面的一个穷农夫怜悯这个乞丐，给了他一个戈比。马尔科似乎感到羞愧，回头对穷农夫说：

"嘿，小伙子，你可否借我一个戈比？我想帮帮那个可怜的乞丐，但我没有零钱。"

穷农夫给了马尔科一个戈比，并问他什么时候还钱。"明天来我家吧！"马尔科回答道。于是，第二天，穷农夫去找马尔科，他走进马尔科家宽敞的院子，问道：

"马尔科在家吗？"

"在，有何贵干？"马尔科回答道。

"我是来拿回我的一戈比的。"

"啊，小伙子！你下次再来吧。我现在真的没有零钱。"

穷农夫鞠了一躬就走了。

“我明天再来。”他说。

第二天他又来了，但马尔科还是没有还他钱。

“我没有零钱。如果你愿意拿零钱跟我换一张百元大钞——不愿意？那么，你两个星期后再来吧。”

两个星期过去了，穷农夫又来了。马尔科透过窗子看见了他，于是对他的妻子说：

“听着，老婆！我脱光衣服躺在圣像下，你用布盖住我，然后你对着我的‘遗体’哭丧。如果那个穷小子来讨债，你就告诉他我今天早上刚死了。”

妻子照做了。她坐在马尔科旁边哭得肝肠寸断，穷农夫走进了房间。

“你来这儿做什么？”她问。

“我来找马尔科要债。”穷农夫回答。

“啊，马尔科今早刚去世了……”

“望他在天国安息！太太，为了拿回我的钱，请让我为他做最后一件事——我想清洗他的遗体。”

太太答应了。于是，他拿起一个装满沸水的锅，把滚烫的水倒在马尔科身上。马尔科眉头紧皱，双腿抽搐，被烫得撑不住了。

“不管你愿不愿意，”穷农夫想，“都要把我的钱还给我！”

他把“尸体”洗干净并安置好，说道：

“太太，请您去买一口棺材带到教堂去，我要去教堂为马尔科读赞美诗。”

于是，躺在棺材里的马尔科被抬进教堂，穷农夫开始为他读赞美诗。夜幕降临，突然，一扇窗户被打开了，一群强盗悄悄地从窗户爬进了教堂。穷农夫躲在祭坛后面。强盗们一进来就开始瓜分他们的战利品，最后，还剩下一把金刀不知怎么分配，每个强盗都想把它据为己有。穷农夫跳了出来，大喊道：

“这样争下去也不是办法。不如这样，谁用这把金刀砍下这具尸体的头，金刀就属于谁！”

富人马尔科像个疯子一样跳了起来。强盗们被吓得魂不附体，扔掉了他们的赃物，撒腿就跑。

“嗨，小子。”马尔科说，“我们来分赃吧。”

他们平分了这笔巨款。

“我的那个戈比呢？”穷农夫问道。

“啊，兄弟！”马尔科回答道，“你也看到了，我并没有零钱！”

所以富人马尔科到最后都没有还穷农夫的那一个戈比。

傻瓜和白桦树

从前，有一个王国里住着一位老头，他有三个儿子。老大和老二都很聪明，老三是个傻瓜。老头去世了，他的三个儿子开始分家产。聪明的老大、老二分到了许多好东西，占尽了好处，但是傻瓜老三只得到了一头瘦牛。

到了赶集的日子，老大、老二准备去集市上做点买卖。傻瓜说：

“我也要和你们一起去，哥哥们，我要把我的牛卖了。”

于是他把一根绳子拴在牛角上，打算把牛牵到集市上。途中经过一片森林，森林里有一棵年老干枯的白桦树。每当刮风的时候，这棵老枯树就嘎吱作响。

“白桦树为什么会嘎吱作响呢?”傻瓜心想，“它一定是在问我的牛多少钱吧?”

“好吧，”他对白桦树说，“如果你想买，我就不去集市上卖了。这头牛我卖给你二十卢布，不能再少了，把钱拿来吧！”

白桦树没有作答，只是继续嘎吱作响。但是傻瓜以为白桦树是想赊账买牛。“很好！”他说，“我明天来找你收钱！”他把牛拴在白桦树上，回家了。此时，聪明的老大、老二回到了家，问他：

“嘿，傻老三，你的牛呢？”

“我已经卖了。”

“多少钱？”

“二十卢布。”

“钱在哪里？”

“钱还没收到。但买家说明天交款。”

“真是个傻瓜！”他们说。

第二天一早，傻瓜起床，穿好衣服，去白桦树那儿要钱。到了森林，只见白桦树在风中摇摆，但牛却不见了——晚上被狼吃了。

“邻居！把钱拿来。你答应过今天给我钱的。”

风吹过，白桦树又嘎吱作响，傻瓜喊道：

“你这个骗子！昨天你一直说‘明天付钱’，你今天又这么说。行吧，我再等一天，但事不过三，我需要钱。”

回到家后，哥哥们再次问他：

“你拿到钱了吗？”

“没拿到！还得等等。”

“你把它卖给谁了？”

“森林里一棵干枯的白桦树。”

“哦，你真是个傻瓜！”

第三天，傻瓜拿着斧头去了森林。到了那里，他让白桦树还钱，但是白桦树只是继续发出嘎吱嘎吱的声音。“这可不行，邻居！”他说，“我不喜欢这样开玩笑，你要为你的食言付出代价！”

说着，他挥起斧头砍向白桦树，白桦树的碎片散落四周。傻瓜看到那棵白桦树的树干上有个洞，洞里藏了一个罐子，里面盛满了强盗们偷来的金子。于是他用外衣装满金子，带回了家。回到家后，他让哥哥们看他的金子。

“你从哪儿弄来这么多金子，傻老三？”

“那个邻居买了我的牛。但那些金子我还没拿完，还有一半没能带回家！来吧，哥哥们，咱们去把剩下的金子拿回来！”

于是他们走进森林，去把剩下的金币带回家。

“记住，傻老三，”老大、老二说，“不要告诉任何人我们有金子！”

“别害怕，我不会告诉任何人！”

突然，他们遇到了一个神父，神父说：“孩子们，你们从森林里带回了什么？”

聪明的老大、老二回答说：“蘑菇。”

傻瓜抢过话：“他们在说谎！我们带回了金币。不信的话，你来看看吧！”

神父大吃一惊，然后贪婪地扑向金子，把金子一把一把塞进自己的口袋。傻瓜看到此情此景，生气极了，便用短柄斧敲了神父一下，没想到，神父一命呜呼。

“傻瓜！瞧瞧你都干了些什么！”他的兄弟们喊道，“你这个傻子，你要害死我们吗？现在我们该怎么处理神父的尸体？”

他们思考了一会儿，最后把尸体拖到一个空地窖旁，扔了进去。晚上老大对老二说：

“这件事的后果很严重。村民开始寻找神父时，傻老三肯定会说漏嘴。我们应该杀一只山羊，藏在地窖里，然后把神父的尸体藏到别的地方。”

他们等到深夜，去杀了一只山羊，把尸体扔进地窖，再把神父的尸体搬到了另一个地方，藏在了地下。几天后，村民发现神父失踪了，开始到处寻找神父。

“你们找他做什么？”村民问傻瓜有没有见过神父时，傻瓜回答，“不久前，我用斧头杀了他，我的哥哥们把他的尸体抬进了地窖。”

他们立刻抓住了傻瓜，喊道：“快带我们去地窖看看。”

傻瓜走进地窖，抓住“神父”的头，问道：“你们的神父是黑发吗？”

“是的。”

“他有胡子吗?”

“是的，他留着胡子。”

“还有角?”

“什么角，你这个傻瓜?”

“好了，你们自己看吧，”他说着，把山羊头拖出来给他们看。他们看了看，发现是一只山羊，于是朝傻瓜的脸上吐了口唾沫，就散了。

米兹吉尔蜘蛛[1]

在很久很久以前，当春日融融、夏日炎炎时，世人的苦恼也随之而来：蚊子和苍蝇开始成群结队地叮咬人们，喝他们温暖的血液。

米兹吉尔蜘蛛出现了，这位勇敢的英雄挥动着手臂，在公路和人行道上织网，那儿也是蚊子和苍蝇最爱去的地方。

一只牛虻从那边过来，跌跌撞撞地掉进了蜘蛛网里。蜘蛛紧紧地捏着她的喉咙，准备掐死她。牛虻向蜘蛛求饶：

“好心的蜘蛛大王！请不要杀我！我家里还有很多小牛虻。如果我死了，这些小家伙会变成孤儿，只能挨家挨户地乞讨面包，还要被看门犬驱赶。”

蜘蛛心软了，放了牛虻。牛虻飞走了，急忙去给苍蝇和蚊子通风报信。

---

① 米兹吉尔(Mizgir)蜘蛛是一种有毒的蜘蛛。

“蚊子们，苍蝇们！都逃去白蜡树下躲避！人行道上有蜘蛛在织网，他在所有我们出没的路上都设下了‘陷阱’。我们要是被他抓住就死定了！”

于是，蚊子和苍蝇们飞到白蜡树树根底下，一动不动地躺在那儿。蜘蛛来了，他在那儿发现了一只蟋蟀、一只甲虫和一只臭虫。

“蟋蟀啊！”蜘蛛喊道，“来，坐到土墩上，来吸鼻烟！甲虫，你会敲鼓吗？虫子，你去白蜡树那儿大喊：‘蜘蛛，那个勇敢的搏斗者，他已经死了！他被抓去喀山砍了头，现在布满街区的蜘蛛网被清除了！’”

蟋蟀坐在土堆上吸鼻烟。甲虫敲打着鼓。虫子爬进了白蜡树的根部，大喊道：

“你们为什么像死了一样躺在这里？蜘蛛，那个勇敢的搏斗者，他已经死了！他被抓去喀山砍了头，现在布满街区的蜘蛛网被清除了！”

蚊子和苍蝇们扬眉吐气，立刻飞了出去，结果一个个都投入了蜘蛛的陷阱。蜘蛛说：

“真是稀客！我希望你们能经常来看望我！来陪我喝酒，向我致敬！”

铁匠和恶魔

从前，有一个铁匠，他有一个六岁的儿子，非常机灵。有一天，铁匠去教堂做祷告。他走到画像《最后的审判》前时，看到了画像上有个恶魔，浑身漆黑，头上有两只角，屁股上还有一条尾巴！

“我的上帝呀！”他心想，“我的铁匠铺也应该挂上这样一幅画。”于是他请了一位画家在他的铁匠铺大门上作画，画他在教堂里看到的那个恶魔。从那以后，铁匠每次走进铁匠铺，总是先和恶魔打招呼，说“早上好，兄弟”，然后才开始打铁。

十年后，铁匠病死了。铁匠的儿子打理起父亲的铁匠铺。然而，他不像老铁匠那样喜欢恶魔。每天早上走进铁匠铺，他从来不会问候恶魔“早上好”，而是拿着他的锤子，在恶魔的额头上敲几下，就去工作了。当圣日来临时，铁匠的儿子去教堂做祷告，并在每尊圣徒像前点燃一支细长的蜡烛，然后，他会走向教堂的画像，朝画像上的恶魔脸上吐口水。就这样，三年过去了，每天早上，铁匠的儿子要么朝恶魔吐口水，要么捶打他，直到恶魔忍无可忍。

“我受够了他的这种无礼行为!”恶魔心想，“我跟他玩个小把戏。”

于是恶魔变成了一个少年，来到铁匠铺。

“你好，叔叔。”他说。

“你好!”

“叔叔，您可以收我为徒吗？我可以为您铲燃料、拉风箱。”

铁匠的儿子欣然应允：“多个人好干活!”

恶魔开始学习打铁手艺，一个月结束后，恶魔的手艺比他的主人更娴熟了。铁匠的儿子对这个少年非常满意。有时候，他甚至不来铁匠铺，完完全全信任他的学徒，让其打理铁匠铺。

有一天，铁匠的儿子又没来铺子，恶魔独自一人看店。不一会儿，他看见年老的男爵夫人坐在马车里路过，于是他对着门外大喊：

“嗨！请大家光临我们新开的铺子！我们可以让人返老还童!”

男爵夫人跳下马车，进了铁匠铺。

“你是说真的吗？你真的会返老还童之术吗?”她问年轻人。

“童叟无欺!”恶魔回答道，“如果做不到的话，我们也不会在街上吆喝揽客呀。”

“需要多少钱呢?”男爵夫人问道。

“一共五百卢布。”

“好吧，拿着钱。把我变回一个年轻的女人吧。”

恶魔拿走了钱，对男爵夫人的马夫说：“请去村子里运两桶牛奶来。”

然后他拿起一把钳子，钳住男爵夫人的脚，把她扔进熔炉里烧。过了一会儿，炉子里只剩下男爵夫人的骨头了。

马夫送来了两桶牛奶，恶魔把牛奶倒在盆里，然后把男爵夫人的所有骨头扔进牛奶里。神奇的事情发生了！几分钟过后，男爵夫人从牛奶中一跃而起，变回了皮肤光滑细腻、年轻美丽的窈窕淑女！

她高兴地坐上了回家的马车。回到家，她走向她的丈夫，男爵盯着她，完全认不出这是他的妻子。

“看什么看！”男爵夫人说，“我现在变得年轻又优雅，我不想有一个年迈的丈夫！你给我去那家铁匠铺，让他们帮你返老还童，否则你就别回来!”

铁匠的儿子回到店里，环顾四周，没看见他的学徒。他找了又找，没找着，只能自己开始工作。他正在埋头苦干，无计可施的男爵径直走进了铁匠铺。

“请把我变成一个年轻人吧!”他说。

“男爵，您现在头脑清醒吗？人怎么可以返老还童呢?”

“我知道你可以!”

“我不知道啊!”

“你说谎，你这个无赖！既然你能让我家老婆子变年轻，你也肯定能把我变年轻。你不帮我的话，我就要被她赶出家门了。”

“我没有见过您的夫人呀?”

“她说是你的学徒干的。如果你的学徒都知道这门手艺，那么你这个师傅肯定早已对这门手艺了如指掌了。快让我返老还童！如果你不帮我，我让你吃不了兜着走。”

铁匠只好尝试改造男爵。他私下问了男爵的马夫，问他的学徒是如何让男爵夫人返老还童的，然后他想:

“就这样吧！我就照着我学徒的方法去做。如果我成功了，那皆大欢喜；如果我失败了，我就只能自己承担这一切后果!”

于是他剥光了男爵的衣服，用钳子夹住男爵的脚，把男爵扔进烧得滚烫的炉子里，拉动风箱，让火烧得更旺。当男爵被烧得只剩骨头后，铁匠的儿子把男爵的骨头扔进牛奶里，等着看一个年轻的男爵从里面跳出来。他等了一两个小时，没有任何结果。他在炉子里翻了翻，但是里面除了烧焦的骨头什么都没有。

就在这时，男爵夫人派人来到了铁匠铺，询问男爵怎么样了。可怜的铁匠儿子不得不告知来人，男爵已经死了。

当男爵夫人听说铁匠把她的丈夫变成了煤渣，她顿时暴跳如雷，召集了手下，命人把铁匠的儿子处以绞刑。她的手下赶到铁匠的儿子家捉拿他，把他扭送到绞刑架下，突然，学徒出现了，问铁匠的儿子：

“他们要带你去哪里，主人?”

“他们要绞死我。”铁匠回答道，然后一五一十地把之前发生的事告诉了他。

“好吧，叔叔，”恶魔说，“如果你发誓再也不用你的锤子敲打我，而是像你父亲一样尊敬我，男爵很快就会复活，而且还会变年轻。”

铁匠发誓说以后将永远不会用锤子敲打恶魔，而是会一直关心他。于是恶魔急忙赶到铁匠铺去，不久就带着男爵回来了。他叫停男爵夫人的手下们：

“不要绞死他！男爵回来了！”

于是他们放了铁匠的儿子。

从那时起，铁匠的儿子不再向恶魔吐口水，也不再用锤子敲打他。那个学徒失踪了，再也没人见过他。男爵和男爵夫人过着幸福富裕的生活，而且永葆青春。

魔　鬼

有一个村庄，住着一对老夫妇，他们有一个女儿叫玛丽，人们都叫她玛卢西亚。按照惯例，村民在十一月三十日会庆祝圣安德鲁节。女孩们常常聚集在一间小屋里，在整整一个星期甚至更长的时间里，烘焙帕姆普西基蛋糕[①]，并尽情玩乐。总之，当圣安德鲁节到来的时候，女孩们聚在一起，酿制饮料、烘焙食物。到了晚上，小伙子们唱着歌，带着美酒来了，开始一起狂欢。舞会上，女孩的舞都跳得很好，但玛卢西亚跳得最好。过了一会儿，有一位气色红润、服装精致华丽的帅小伙走进了屋子里。

“你们好呀，美丽的姑娘们！”他说。

“你好，帅小伙！”在场的人说。

“你们在举行宴会吗？”

“是呀，来一起玩吧！”

---

① 用大蒜调味的无酵母面粉做的蛋糕。

于是他从口袋里掏出一个装满黄金的钱包，点了酒、坚果和姜饼。很快，这些食物上好了，他把这些食物分给在场的男孩和女孩们，每人都得到了一份。然后他开始跳舞。玛卢西亚是全场最令他心动的女孩，于是他整晚都在她周围。不知不觉中回家的时候到了。

“玛卢西亚，”他说，“来送送我吧。”

玛卢西亚去送他。

“玛卢西亚，亲爱的，”他说，“你愿意嫁给我吗？”

“如果你愿意娶我，我就愿意嫁给你。但你家在哪呢？”

“我啊，我在一家商店工作。”

他们互相道别。当玛卢西亚回到家时，她母亲问她：

“怎么样，女儿，今晚玩得开心吗？”

“妈妈，我很开心。但是我还要告诉你一件事，舞会上有个俊俏、富有的小伙子答应要娶我。”

“听着，玛卢西亚！当你明天去聚会时，带上一个线团，找到线头，做一个套结，当你去送他时，把套结悄悄套在他的一颗纽扣上，悄悄地滚开线团；跟着线走，你就能知道他住在哪里。”

第二天，玛卢西亚去参加聚会，带了一个线团。前一天出现的那个小伙子也来了。

“晚上好，玛卢西亚。”他说。

“晚上好！”她说。

游戏开始了，舞会也开始了。那个小伙子一步也不肯离开玛卢西亚。回家的时刻又到了。

“来送送我吧，玛卢西亚！”

玛卢西亚把他送到街上，在分别时，她悄悄地在他的一颗纽扣上套上了套结。他走后，玛卢西亚留在原地，滚起了小线团，等线团滚到了头，她就跟着线去寻找她未婚夫的住址。这条线沿着大路，穿过树篱和沟渠，把玛卢西亚引向教堂的门廊。玛卢西亚想开门，却发现门是锁着的。她绕着教堂走了一圈，找到了一架梯子，她把梯子靠在窗户上，想爬上去看看里面发生了什么。爬上去后，她四处张望——突然看见她的未婚夫站在一座坟墓旁边，正在吞食一具尸体。

她想悄悄地从梯子上爬下来，但是她恐惧不已，不小心发出了声音。爬下梯子后，她没命地飞奔回家——她边跑边心惊胆战地想着自己会不会被魔鬼追赶。她跑回家时已经筋疲力尽了。第二天早上，她母亲问她：

“玛卢西亚！你昨晚见到那个年轻人了吗？”

“我看见他了，妈妈。”她回答。但她没有和母亲说她在教堂看到的事情。

早上，玛卢西亚坐在家里，思考着她要不要去参加当晚的聚会。

“去吧，”她母亲说，“玩得开心！”

于是她去了聚会，魔鬼已经在那里了。游戏、玩乐和舞会又开始了。当他们又要分别回家的时候，“来吧，玛卢西亚！”魔鬼说，“来送送我吧。”

玛卢西亚害怕得动也不敢动。其他女孩问她：

“玛卢西亚，你什么时候变得这么害羞了？快去和你的心上人道别吧！”

玛卢西亚没法子了，只能出去送那个魔鬼。他们一走到街上，他就开始问玛卢西亚：

“昨晚你在教堂吗？”

“我昨晚不在教堂。”

“你看到我在教堂里所做的事了吗？”

“没有。”

“好极了！明天你父亲就会死！”

说完这句话，他就消失了。

玛卢西亚怀着一颗沉重而悲伤的心回到了家。早上醒来时，她父亲已经死了。

她和母亲都为父亲的死号啕大哭。他们把他抬进了棺材。晚上，玛卢西亚的母亲去了神父家，但玛卢西亚留在家里。她开始害怕一个人待在家里。“我应该去找我的朋友们。”她想。于是她去了，发现魔鬼也在那儿。

“晚上好，玛卢西亚！你为什么闷闷不乐呀？”女孩们问。

“我怎么快乐得起来呢？我爸爸去世了！”

“天哪！可怜的玛卢西亚！”

女孩们都为玛卢西亚感到悲伤。魔鬼自己也假装很难过。不久，他们相互告别并回家。

“玛卢西亚，”他说，“来送送我吧。”

她拒绝了。

女孩们坚决让玛卢西亚去送他：“你在害怕什么？玛卢西亚，快去送他。”

因此她只能去为他送行。他们走到街上。

“告诉我，玛卢西亚，”他说，“那天晚上你在教堂吗？”

“不在。”

“你看到我在教堂里所做的事了吗？”

“没有。”

“很好！明天你母亲就会死。”

他说完就消失了。玛卢西亚回家时比以往更难过了。夜晚过去了；第二天早上，当她醒来时，她母亲已经死了！她哭了一整天。太阳下山了，当周围变得漆黑一片时，玛卢西亚开始害怕自己一个人待在家中，所以她又去找她的姐妹们。

“你到底怎么了？”女孩们刨根问底。

“我怎么可能开心得起来呢？昨天我爸爸去世了，今天我妈妈也去世了。”

“可怜的玛卢西亚！”她们都同情地说。

舞会散了。

“来送送我吧，玛卢西亚。”魔鬼说。

“告诉我。那天晚上你在教堂吗？”

“不在。”

“你看到我在教堂里所做的事了吗？”

“没有。”

“很好！明天晚上你就要死了！”

玛卢西亚和她的朋友们度过了一晚。第二天早上醒来之后，她就开始思考该怎么办。她想到自己还有一位失明多年的年迈祖母。“我应该去征求她的意见。”她心想，然后就出发去了祖母家。

“奶奶您好！”她说。

“你好，孙女！最近过得怎么样？你的爸爸和妈妈怎么样？”

“他们死了，奶奶。”玛卢西亚回答道，然后告诉她发生的一切。

老妇人听了，说道：

“天哪！我可怜的孩子！快去找神父，请他帮个忙——如果你死了，不要让人把你的尸体从大门抬出去，你求神父挖一条地道，从门槛下面通过，然后让人把你的尸体从地道里运出去。还有，记得请求神父把你的尸体埋在一个十字路口。”

玛卢西亚痛哭流涕地去找神父，把祖母的话告诉了他，并请求他一切照办。然后她给自己买了一口棺材，躺进去之后，玛卢西亚就立刻断了气。

邻居通知神父过来，神父先埋葬了玛卢西亚的父亲和母亲，然后安葬了玛卢西亚。神父把她的尸体从门槛底下的地道里运出来，埋在了十字路口。

不久之后，一个庄园主的儿子坐着马车碰巧经过玛卢西亚的坟墓。他看到坟墓边开着一朵奇异的花，一种他从未见过的花。年轻的庄园主儿子对他的仆人说：

“去帮我把那棵花挖出来。我们把它带回家，种在花盆里。也许它会在我家继续开花。”

于是他们把花挖出来，回家后，他们把花种在一个釉彩花盆里，放在窗户边。这朵花越长越大，日渐美丽。一天晚上，仆人不知为何没有睡着，他偶然看到窗户，这时他看到一件奇妙的事情发生了。突然，花朵开始颤抖，然后从它的茎上掉落到地上，变成了一个可爱的少女。花儿很美，但少女更美。她从一个房间飘到另一个房间，拿了各种食物，开始大吃大喝起来。少女吃饱喝足后落在地面上，又变回一朵花，爬上窗户，回到了原先的位置。第二天，仆人把他晚上看到的奇事告诉了年轻的主人。

“啊！”庄园主的儿子说，“你昨晚为什么不把我叫醒？今晚记得把我叫醒，我们一起看看。”

夜晚来临了，他们没有睡觉，而是看着那盆花。十二点整，花朵开始摇晃着离开了花茎，从一个房间飞到另一个房间，然后落在地上，那个美丽的姑娘出现了。她拿了各种食物，坐下来享用她的晚饭。于是主人冲上前，一把抓住她白皙的双手。主人一直看着她美丽的脸庞，怎么看都看不够！

第二天早上，他对父亲和母亲说："请允许我结婚。我找到了我的新娘。"

他的父母同意了。至于玛卢西亚，她说：

"你只要答应我的条件，我就会嫁给你。我的条件就是四年之内我不去教堂。"

"好。"他说。

他们结婚了，一起生活了一两年，还有了一个儿子。但是有一天，他们家里来了客人，客人们玩得很开心，喝着酒，开始吹嘘自己的妻子。这个人说自己的妻子很漂亮，那个人说自己的妻子更漂亮。

"你们爱怎么说就怎么说，"主人说，"但是世界上没有人比我的妻子更漂亮！

"你的妻子是很漂亮！"客人们回答道，"只可惜是个异教徒。"

"此话怎讲？"

"因为她从来不去教堂。"

她的丈夫无法忍受这些流言蜚语。他一直等到星期天，然后告诉妻子换好衣服去教堂。

"我不在乎你会说什么，"他说。"你收拾一下，我们准备出发去教堂。”

他们来到教堂。玛卢西亚环顾四周，发现那个魔鬼正坐在窗户旁边。

“啊哈！你终于来了！”他喊着。“你还记得以前吗？那天晚上你到底在不在教堂？”

“不在。”

“你看到我在教堂里所做的事了吗？”

“没有。”

“很好，明天你丈夫和你儿子都会死。”

玛卢西亚径直冲出教堂，跑去找她的祖母。祖母给了她两个瓶子，一个装满了圣水，另一个装满了生命之水，并告诉她该怎么做。第二天，玛卢西亚的丈夫和儿子都去世了。然后，魔鬼飞来问玛卢西亚：

“告诉我。你当时在教堂吗？”

“我在。”

“你看到我在教堂里所做的事了吗？”

“你在吃一具尸体。”

她话音刚落，便把圣水泼在魔鬼的身上，不一会儿，魔鬼变成了尘土，随风飘散。然后，玛卢西亚给丈夫和儿子洒上了生命之水，他们立刻复活了。从此，他们幸福地生活在了一起。

第二章
神话传说
邪恶的化身

伊万·波普亚洛夫

从前，有一对老夫妇，他们有三个儿子。老大和老二聪明懂事，但老三伊万是个傻瓜。

十二年来，伊万都睡在炉灰堆上。一天，他站起来抖了抖，六磅灰从他身上掉了下来。

他们生活的那片土地上没有白天，只有无尽的黑夜，这是一条蛇捣的鬼。伊万想杀死那条为非作歹的蛇，于是他对父亲说："父亲，请给我做一根五磅重的铁棒吧！"

父亲给了他一根铁棒后，伊万走到田野里，把铁棒扔向空中，然后就回家了。第二天，他又走到田野里，来到他扔铁棒的地方，他头向后仰着，结果铁棒落下来，击中了他的前额，铁棒断成两截。

伊万回到家，对他的父亲说："父亲，请再给我做一根十磅重的铁棒。"伊万拿到铁棒后，走到田野里，把它扔向空中。铁棒在空中飞了三天三夜。第四天，伊万又来到同一个地方，当铁棒掉下来的时候，他用膝盖接住铁棒，铁棒落在他的膝盖上后碎成了三段。

伊万回到家，让父亲给他做第三根铁棒，需要十五磅重。拿到铁棒后，他走到田野里，把它扔向空中。铁棒在空中飞了六天。第七天，伊万来到原地，这时铁棒掉了下来，击中伊万的前额时，铁棒弯曲了。于是他说："这根铁棒可以用来对付蛇了！"

伊万准备好一切后，他的哥哥们也跟着他一起去和蛇战斗。他们出发后不一会儿，发现前面有一个用鸟腿搭的木屋，里面住着那条蛇。伊万把手套挂在一旁，对他的哥哥们说："如果我的手套上流出了血，就赶快来帮我。"他说完后，走进小屋，在木板上坐下。

不一会儿，一条三头蛇骑马出来了。他的马惊了一下，猎犬不安地吠叫着，猎鹰边振翅边尖叫。蛇叫道：

"骏马啊，你怎么惊住了！猎犬啊，你叫个什么劲儿！猎鹰，你赶紧给我闭嘴！"

"伊万·波普亚洛夫坐在屋外，我吓死了。"骏马回答道。

蛇说："出来吧，伊万诺什卡[①]！我们来比试比试！"伊万站出来，他们开始战斗。伊万砍死了三头蛇，然后又在木板上坐下。

不一会儿，又来了一条六头蛇，伊万也砍掉了他的头。接着，来了一条十二头蛇。他们开始打起来，最后

---

① 伊万诺什卡是伊万这个名字的变体。——译者注

伊万砍掉了他的九个头。这条蛇已经快没有力气了。就在这时，一只乌鸦飞过来了，叫着："血！血！"

于是十二头蛇对乌鸦叫道："快飞去给我的妻子报信，让她来杀掉伊万·波普亚洛夫。"

伊万也喊道："乌鸦！快飞去告诉我的哥哥们，让他们来这儿，我们就可以杀死这条蛇！他的肉全给你。"

乌鸦听了伊万的话，飞向他的哥哥们，开始在他们头上呱呱叫。兄弟俩醒了，听到乌鸦的叫声，赶忙去救他们的弟弟。他们砍掉了蛇头，进入蛇的屋子里，并毁掉屋子里的一切。顿时，天变亮了。

伊万·波普亚洛夫杀死蛇后，兄弟三人出发回家。突然，伊万发现自己忘了手套，于是打算回去拿，并告诉他的哥哥们在原地等待。当他回到小屋并准备拿手套时，他听到了蛇的妻子和女儿们正在交谈。他把自己变成了一只猫，开始在门外喵喵叫。她们让伊万进去，伊万听到她们的对话后，找了个时机赶忙离开。

他一回到哥哥们等他的地方，就叫他们骑上马重新出发了。他们骑着骑着，看见前面有一片绿油油的草地，草地上放着丝绸床垫。哥哥们说："让马在这里吃草，我们躺在床垫上歇一会儿。"

但伊万说："等一下，哥哥们！"他抓起铁棒击打床垫，瞬间，床垫鲜血四溅。

他们只好继续往前骑。过了好一会儿，他们来到一棵苹果树下，树上结满了金苹果和银苹果。哥哥们说：“我们每人吃个苹果吧。”

伊万抢先一步：“等一下，哥哥们。”他拿起铁棒敲打苹果树。血从树上流了出来。

他们继续前进。过了一会儿，他们看到前面有一眼泉水。哥哥们说：“我们喝点水解解渴吧。”

但是伊万喝道：“住手，哥哥们！”他举起铁棒击打泉水，泉水变成了血。

原来伊万回屋子拿手套时，听到了蛇怪的妻女们的对话，得知草地、丝绸床垫、苹果树和泉水，都是蛇怪的女儿变的。

杀死这些蛇怪女儿后，伊万和他的哥哥们继续赶路。不一会儿，蛇怪的妻子追了上来，她张开血盆大口，想把伊万吞下去。但是伊万和他的哥哥们往她嘴里扔了三磅盐。她吞下了盐，以为是伊万。但后来尝了尝，她发现不是伊万，便又去追赶他。

伊万知道危险近在眼前，于是放走了他的马，自己躲到库兹玛和德米安①的火炉的十二扇门后。蛇怪的妻子飞上来，问他俩：“伊万在哪？”

他们回答道：

“把你的舌头伸到十二扇门后面，就能把伊万逼出来

① 俄罗斯民间故事中的两个铁匠之神。——译者注

了。”于是，蛇怪的妻子把舌头伸到门里去。这时，库兹玛和德米安已经烧红了铁钳，当她把舌头伸进门时，他们就钳住她的舌头并用锤子猛敲。蛇怪的妻子死了，他们烧掉她的尸体，把她的骨灰撒在风中。兄弟俩回了家，喝酒庆祝，从此过着幸福快乐的生活。

我当时也在那儿，和他们一起喝酒，酒顺着胡子流，总也流不到嘴里头。[①]

---

① 故事的最后一句是俄罗斯民间故事中常出现的无意义的句子。

诺　卡

从前，有一个国王和王后。他们有三个儿子，老大和老二都很聪明，老三是个傻瓜。国王有一个鹿园，里面有许多野生动物。鹿园里来了一头叫诺卡的巨兽，它常在园子里为非作歹，每天晚上都会吃掉园子里的动物。国王费尽心思也无法铲除诺卡。有一天，他把儿子们召集在一起，说："谁能杀了诺卡，我就把半个王国分给他。"

老大接下了这项任务。到了晚上，他就带着武器出发了。在路上，他看到了一家酒馆，于是走进去喝了一晚上。当他酒醒时，天已经亮了。他感觉羞愧，无颜面对父亲，但已无济于事。

第二天，老二被派去铲除诺卡，他同样也到酒馆喝了一晚上。国王斥责了老大和老二。

第三天，老三请求国王派他去杀诺卡。老大和老二都嘲笑他，因为老三太愚蠢了，他肯定不会成功。然而老三径直走进了园子，为了防止自己睡着，他坐在草地上，把利剑放在身边，一旦打盹，利剑就会刺伤他自己，他就会醒过来。

午夜的钟声响起，霎时间，地动山摇，体型庞大的诺卡冲破栅栏，进了园子。王子惊醒，画了个十字后，径直奔向野兽。野兽仓皇逃走，王子奋起直追。但他追不上诺卡，所以急忙跑到马厩，找到了一匹最好的马，翻身骑上马去追赶。王子追上诺卡后，他们开始打斗。诺卡不敌王子，被伤了三处。过了好一会儿，他俩都筋疲力尽，所以都躺下歇了一会儿。但是当王子闭上眼睛时，诺卡溜之大吉了。王子的马叫醒了他，王子立刻跳了起来，又追上诺卡，并与它搏斗，王子又伤了它三处。后来，王子和诺卡再次躺下休息。诺卡又趁王子睡着的时候落荒而逃。王子追到它后，又伤了它三处。但是，就在王子第四次追它的时候，诺卡逃到了一块巨大的白石前，它掀起石头，逃到了地下世界，它对王子喊道："跟我来呀！这样你才能战胜我！"

王子回家后，把发生的一切都告诉了他的父亲，并请求父亲下令派人编长皮绳，这样，他可以顺着绳子下到另一个世界，以便去寻找诺卡。

绳子编好后，王子让哥哥们跟他一块儿去。于是哥哥们带上仆人，以及一整年所需的东西，出发了。他们到达诺卡消失的地方后，就地建造了一座宫殿，打算在这儿住一段时间。当一切准备就绪时，王子对两个哥哥说："谁来搬走这块石头？"

两个哥哥都搬不动它，轮到伊万了。他一碰到石头，这块如山般的石头就飘了起来。他把石头扔在一边，第二次问他的哥哥们：

"谁要下去另一个世界，去征服诺卡？"

他俩默不作声。伊万嘲笑他们是懦夫，说：

"我明白了，再见，哥哥们！把我放到地下世界，之后请你们不要离开这里，时刻观察，只要发现绳子一动，就请你们马上把我拉上来。"

他的哥哥们按照他说的，用绳子把他放下去，不一会儿，他就到达了地下世界。他走啊走，看到了一匹装扮华丽的马，马对他说：

"你好呀，伊万王子！我等你等了很久了！"

他骑上这匹马继续前行，来到了一座青铜宫殿。他拴好马后，走进宫殿中。宫殿的一个房间里摆着一桌晚餐，饥肠辘辘的他坐下来饱餐了一顿。吃过饭后，伊万王子疲倦了，他找到一间卧室，躺上了床，很快进入了梦乡。不一会儿，一位美若天仙的女子走进了卧室，说：

"你怎么在我的宫殿里？报上大名来！如果你是个老头儿，那你就是我的父亲；如果你是个中年男子，那你就是我的兄长；但是如果你是个小伙子，那你就是我亲爱的丈夫。如果你是位老太太，你就是我的祖母；如果你是位中年妇女，你就是我的母亲；如果你是个女孩，你就是我的亲姐妹。”[1]

伊万醒了，女子看到他，高兴极了，说：

“从今以后，你就是我的丈夫了！你为何而来呢？”

伊万一五一十地把他的遭遇都告诉她了，女子说：

“你想要打败的那只野兽是我的哥哥。他现在正和我的二妹住在一起，就在离这里不远的白银宫殿。前几天我还给我的哥哥包扎了你伤他的几处伤口。”

后来，他们交谈甚欢，酒足饭饱后，王子出发去了白银宫殿。到了白银宫殿，二妹告诉他，她哥哥诺卡现在在她最小的妹妹家，小妹妹住在黄金宫殿。于是他又出发了。到了黄金宫殿，最小的妹妹告诉伊万，诺卡正在海面上睡觉，她给了他一把钢剑和一小瓶力量之水，嘱咐伊万要用这把剑一剑砍掉她哥哥的头。

王子来到蔚蓝的大海，看到诺卡睡在海中央的一块石头上，诺卡打鼾时，水面上会起七俄里的浪。王子画了个十字后，来到诺卡身边，一剑砍掉了诺卡的头。被砍掉的诺卡的头一边怒吼“是谁杀了我”，一边滚向大海深处。

完成任务后，伊万王子要踏上返程了。诺卡的三个妹妹都深爱着王子，不想与他分离。于是他带着她们一起返回地上的世界。姐妹三人都把各自的宫殿变成了

---

① 这段话经常出现在类似的俄罗斯民间故事中。

一颗鸡蛋——她们都是女巫——并教会伊万如何把鸡蛋变成宫殿，然后再变回鸡蛋，伊万学会后，三人便把鸡蛋都交给了他。接着，他们出发前往伊万下来前的地方。到了放绳子下来的地方，伊万王子拉过绳子，让少女们紧紧地抓住绳子。然后，他猛地晃了一下绳子，他的哥哥们便开始拉绳子。他们把绳子拉上来后，看见三位美若天仙的少女，便动了邪念，走到一边，交头接耳道："我们假装先把伊万拉上来，拉上一半时割断绳子。如果他不死，他会独占这三位美人，如果他摔死了，我们就能娶这三位美人为妻了。"

他们商量好后，便把绳子放了下去。然而，伊万并不傻，他早已料到哥哥们的诡计，于是，他把一块石头系到绳子上，想试探一下。哥哥们中途割断绳子，石头从高处掉了下来，摔得粉碎。小王子哭了，他无计可施，只好在地下世界沮丧地走着。突然，一场暴风雨来临，雷声轰鸣，大雨倾盆。他走到一棵树下避雨，看到树下一些小鸟被淋湿了，于是他脱下自己的外衣，盖在小鸟上方，自己坐在树下。不一会儿，飞来了一只大鸟，日光都被它的翅膀挡住了，伊万顿时感到天色昏暗下来。大鸟是小鸟的妈妈。它飞过来后，发现有人为自己的幼鸟遮雨，便问道："是谁替我的孩子们遮雨？"它看到了王子，问："是你替我的孩子们遮雨的吗？非常感谢你。作为回报，你可以许一个愿望，我会帮你实现的。"

“请你把我带到地上的世界。”王子回答。

“你去做一个中间有隔板的大箱子。”她说，“然后抓来各种动物，填满箱子的一半，剩下的一半盛满水，这样我就有食物和水了。”

王子一一照做。背上箱子的鸟妈妈让王子坐在它的背上，然后飞了起来。飞了好一会儿，终于把王子送回了原来的世界。

他来到一个裁缝的家，恳求裁缝收留他。他穿着粗布衣服，裁缝认不出他是王子。于是，王子开始为裁缝端茶倒水，并询问王国里最近发生的事。裁缝说道：“年纪最小的王子在追杀诺卡的时候失踪了，另外两位王子则从地下世界救回了三位少女。两位王子想娶她们，但是少女们不愿意，说是要穿上合身的嫁衣才肯结婚，这些衣服必须和她们在家乡时穿的衣服一模一样，而且不允许裁缝给她们量尺寸。国王召集了王国所有的裁缝，但是哪有人能做到呀？”

伊万王子听闻这一切，说：“主人，请您立刻去觐见国王，告诉他你可以为三位少女做嫁衣。”

“但是我做不到呀？我只会给平民百姓做衣服。”裁缝说道。

“去吧，主人！”伊万王子说，“这一切包在我身上。”

于是裁缝进宫觐见国王。国王欣喜若狂，赏给裁缝一大笔钱。裁缝拿着这笔钱回到了家。

王子对他说：

“主人，向上帝祈祷后，就躺下睡觉吧。明天我会把一切都准备好的。”

裁缝听了伊万的话后就安心上床睡觉了。

午夜时分，王子起身出城，到了空旷的田野后，便从口袋里掏出少女们给他的三个鸡蛋。王子把三个鸡蛋变成了三座宫殿，他走进每一座宫殿，拿出少女们的礼服之后，又把宫殿变回鸡蛋。

回到裁缝家，他把少女们的嫁衣挂在墙上，就上床睡觉了。

裁缝一大早就醒了，看到墙上挂着三件珠光宝气的礼服，喜出望外，于是把这些礼服送进宫去。看到这些衣服，公主们都猜到伊万王子已经回到了这个世界，她们互换了眼色，但什么也没说。裁缝回家后，发现他的仆人已不在了，因为王子去了一位鞋匠那里。那位鞋匠也是受国王之托，为少女们做鞋子。同样，王子也去造访了其他工匠，为他们拿到了所需要的物品。他们都向伊万表示感谢，因为伊万他们才得到了国王的赏赐。

等到这些工匠备齐了少女们的结婚衣物后，王子还没有出现，少女们束手无策，哀痛欲绝，因为她们必须要与两个年长的王子成婚了。

大婚之日，年龄最小的新娘对国王说：

“陛下，请允许我去向乞丐布施。”

国王应允了，最小的妹妹走过去布施，并在人群中仔细寻找伊万王子。当她准备向其中一个乞丐施舍钱财的时候，她看到了这个乞丐手上戴着她和姐姐们曾送给伊万的戒指——这个乞丐正是伊万王子！于是她抓住伊万的手，把他带到宫殿，对国王说：

“陛下，之前伊万王子把我们三姐妹带到地上的世界，但是两位年长的王子加害伊万王子，并威胁我们如果泄露此事，就会杀了我们。”

国王听后大发雷霆，严厉惩罚了伊万的两个哥哥，然后为伊万和三个少女举行了三场婚礼。

玛丽亚·莫雷夫娜

在某个王国里，住着一位伊万王子。他有三个妹妹，分别叫作玛莉娅、奥尔佳和安娜。他们的双亲离世前，嘱咐伊万："伊万，如果有人来向你的妹妹们求婚，就答应他们，不要把妹妹们留在身边。"

伊万王子安葬了国王和王后。为了平息哀思，他和妹妹们在宫殿里的绿花园里散步。突然，天空乌云密布，不一会儿，暴风雨来了。

"我们赶紧回宫殿，妹妹们!"伊万王子叫道。

他们刚回到宫殿，就听到一声响雷，屋顶裂开了，一只雪白的猎鹰从天而降，飞进了他们的宫殿，落到地面上后，变成了一个英俊的年轻人。他对伊万王子说：

"您好，伊万王子！我曾是您的客人，但现在我来这儿，是想向您的妹妹玛莉娅公主求婚。"

"如果我妹妹也喜欢你，我就同意这门婚事!"伊万王子回答道。

玛莉娅公主答应了猎鹰的求婚。他们举行婚礼后，猎鹰便把玛莉娅公主带回了自己的王国。

日子一天天过去，一年就这样过去了。一天，伊万王子和他的另外两个妹妹又在绿花园里散步。再次，狂风大作，电闪雷鸣。

“我们回宫殿吧，妹妹们！”王子喊道。他们刚回到宫殿，又一声响雷，屋顶着了火，天花板裂成两半，一只老鹰从天而降，飞进了他们的宫殿，落到地面上后，变成了一位英俊的年轻人。他对伊万王子说：

“您好，伊万王子！我曾是您的客人，但现在我来这儿，是想娶您的妹妹奥尔佳公主。”

伊万王子回答道：“如果我妹妹也喜欢你，我就同意这门婚事！”

奥尔佳公主同意嫁给老鹰。他们举行婚礼后，老鹰便把奥尔佳公主带回了自己的王国。

又一年过去了。伊万王子对他最小的妹妹说：

“妹妹，我们去绿花园里散散步吧。”

他们悠闲地散了一会儿步，忽然天雷滚滚。

“我们回宫殿吧，妹妹！”伊万王子说。

他们回到了宫殿，还没来得及坐下来，突然雷声大作，天花板又裂开了，一只乌鸦飞了进来。乌鸦落到地面上后，变成了一位英俊的年轻人。之前的猎鹰和老鹰都很英俊，但乌鸦比他们更英俊。他对伊万王子说：

“您好，伊万王子！我曾是您的客人，但现在我来这儿，是想娶您的妹妹安娜公主。”

伊万王子回答道：“如果我妹妹也喜欢你，我就同意这门婚事！”

于是安娜公主嫁给了乌鸦。他们举行婚礼后，乌鸦便把安娜公主带回了自己的王国。

三位妹妹都出嫁了，伊万王子独自一人生活，他很长时间没有看到他的妹妹们，感到很孤独，后来他决定：“我要去看看我的妹妹们过得怎么样。”

他上路了。走了一段路后，他路过一个尸横遍野的战场。他大声喊道：“这儿有活人吗？如果有的话，请告诉我是谁击溃了这支军队？”

一个幸存的士兵回答道：

“是玛丽亚·莫雷夫娜公主。”

伊万王子继续前行，来到一个白色的帐篷前，碰到了前来迎接他的玛丽亚·莫雷夫娜公主。

“您好，王子！”她说，“您要上哪儿去呀？您如果不急着赶路，可以来我们营帐中做客。”

伊万王子接受了邀请。他在营帐里住了两个晚上，两人一见钟情，陷入爱河。他们结婚后，伊万住进了玛丽亚·莫雷夫娜公主的王宫。

他们度过了一段幸福快乐的时光。不久后，公主决定向另一个国家宣战，她必须再度奔赴战场。所以她把王国交给伊万王子打理，并吩咐他：“你要四处巡视，紧密关注王国的一切。”然后，公主带着伊万来到宫中的地下室，指着一个上锁的柜子告诉他，无论如何都不能打开这个柜子。

但是伊万的好奇心使他想要打开柜子一探究竟。玛丽亚·莫雷夫娜一走，他就打开了柜门，发现里面关着一个用十二条锁链锁住的衰弱老头，那是不死者科舍伊，但王子不认识他。老头看到伊万王子，哀求道：

“可怜可怜我，给我点儿水喝吧！我被困在这里十年了，不吃不喝，我的嗓子快干死了。”

王子给了他一桶水，他接过来一口气喝完，接着又哀求道：

“一桶水不能解渴，请再给我更多的水吧！”

王子给了他第二桶水。不死者科舍伊喝完后，又哀求要第三桶，当喝完第三桶时，他恢复了体力，抖了抖身上的铁链，一下子十二条铁链都断了。

“谢谢，伊万王子！”科舍伊喊道，“你将永远看不到玛丽亚·莫雷夫娜了！”伴着一阵怪风，科舍伊飞出窗外，把正在赶路的玛丽亚·莫雷夫娜公主抓走了。伊万王子一个人在王宫里以泪洗面，不过，很快他决定去寻找他的妻子。他对自己说：“无论如何，我都要找到玛丽亚·莫雷夫娜！”

他出发了。第三天，他来到了一座美丽的宫殿，宫殿的旁边有棵树，树上坐着一只雪白的猎鹰。

L.F. Perkins

猎鹰从树上飞了下来，落到地面，变成了一位英俊的年轻人，大声喊道：

“亲爱的哥哥！您最近过得怎么样?”

玛莉娅跑了出来，兴高采烈地问候了她的哥哥伊万，询问他的健康状况，并把自己婚后的生活告诉他。王子在他们那儿逗留了三天，然后他说：

“我不能在这儿停留了，我必须去寻找我的妻子——玛丽亚·莫雷夫娜公主。”

“您在寻找她的路上会遇到许多困难，”猎鹰回答。“请把您的银汤匙留给我们当作念想。”于是，伊万王子把他的银汤匙留在了猎鹰和玛莉娅那儿，就又上路了。

他又走了两天，到了第三天的黎明，他看到了一座比猎鹰和玛莉娅的宫殿更华丽的宫殿，宫殿旁边矗立着一棵树，树上坐着一只老鹰。看到伊万来了，老鹰从树上飞了下来，落到地面，变成了一位英俊的年轻人，大声喊道：

“奥尔佳，快来！我们亲爱的哥哥来了！”

奥尔佳公主立即跑出来迎接，开始亲吻和拥抱伊万，询问他的健康状况，并把自己婚后的生活告诉他。王子在他们那儿逗留了三天，然后他说：

“我不能在这儿停留了，我必须去寻找我的妻子——玛丽亚·莫雷夫娜公主。”

“您在寻找她的路上会遇到许多困难，”老鹰回答，

“请把您的银叉子留给我们当作念想。”于是，伊万王子把他的银叉子留在了老鹰和奥尔佳那儿，就又上路了。

他又走了两天，第三天黎明时，他看到了一座比前两座宫殿华丽许多的宫殿，宫殿附近有一棵树，树上坐着一只乌鸦。看到伊万来了，乌鸦从树上飞了下来，落到地面，变成了一位英俊的年轻人，大声喊道：

“安娜，快出来！我们亲爱的哥哥来了！”

安娜公主立即跑出去迎接，开始亲吻和拥抱伊万，询问他的健康状况，并把自己婚后的生活告诉他。王子在他们那儿逗留了三天，然后他说：

“我不能在这儿停留了，我必须去寻找我的妻子——玛丽亚·莫雷夫娜公主。”

“您在寻找她的路上会遇到许多困难，”乌鸦回答，“请把您的银鼻烟盒留给我们当作念想。”于是，伊万王子把他的银鼻烟盒留在了乌鸦和安娜那儿，就又上路了。

他走了三天，终于找到了玛丽亚·莫雷夫娜。公主看到她心爱的丈夫到来，投入他的怀里，哭着埋怨道：“伊万王子，你为什么没有听我的话？为什么要打开柜子放走不死者科舍伊？”

“我亲爱的公主，原谅我。”伊万说，“请不要用过去的事情责备我，我们得赶在不死者科舍伊发现之前一起逃离这里，逃得远远的，他就抓不到我们了。”

科舍伊当时刚好外出打猎去了，回宫殿的路上他的马失蹄了。“你这匹老马怎么回事？”他问道，“你嗅到了什么？”

他的马回答：“伊万王子带走了玛丽亚·莫雷夫娜公主。”

“我们现在还能追上他们吗？”科舍伊问。

“您需要现在播种小麦，等小麦成熟，然后收割、脱粒，把小麦磨成面粉，把面粉放在五个烤箱里烤成面包，吃掉这些面包后马上出发追赶，这样我们就能抓到他们。”他的马说道。科舍伊没理会他的马，转身就去追伊万他们。科舍伊终于抓到了伊万，他对伊万说：“鉴于你给过我水喝，所以这次我原谅你。我还可以原谅你一次。但第三次你就得小心了，我会毫不留情地把你砍成碎块！”他从伊万王子手中掳走了玛丽亚·莫雷夫娜公主，独留伊万王子一个人悲伤地坐在石头上哭泣。伊万王子哭了一会儿，再次出发去夺回玛丽亚·莫雷夫娜公主。当他到达时，科舍伊碰巧出去打猎了。

“我们走吧，亲爱的玛丽亚。”伊万王子说。

“啊，亲爱的伊万，这次他又会把我们抓回来的。”

“哪怕是这样，我们逃走之后，至少能再相聚一两个小时。”于是他们又一起逃跑了。科舍伊骑马回宫殿的路上，他的马又失蹄了。他问道：“老马，你为什么又失蹄了？难道你发现了什么不祥的事情吗？”

“伊万王子来过了，而且带走了玛丽亚·莫雷夫娜公主。”马回答道。

“那我们能把他们抓回来吗?”

“这次你要种大麦，等大麦成熟后，收割、脱粒，将其酿成啤酒，然后喝下啤酒，直到喝醉为止，并睡上一觉，然后马上追赶，这样就能追上他们。”

科舍伊没理会他的马，转身就去追伊万，他终于抓到了伊万。科舍伊对他说：“你还记得我曾警告你，让你不要再见玛丽亚·莫雷夫娜公主了？我再原谅你一次。”说完便从他身边抢回了玛丽亚·莫雷夫娜公主。

伊万悲伤地哭泣，直到眼泪流干了。然后，他又出发去找玛丽亚·莫雷夫娜公主。当他到达时，科舍伊碰巧又出去打猎了。

“我们走吧，亲爱的玛丽亚。”伊万王子说。

“啊，亲爱的伊万，可是他又会把我们抓回来，并把你砍成碎片。”

“管他呢！我不要离开你！”于是他们又一起逃跑了。科舍伊骑马回家，他的马又失蹄了。他问道：“老马，你为什么又失蹄了？难道你发现了什么不祥的事情?”

“伊万王子来过了，而且带走了玛丽亚·莫雷夫娜公主。”马回答道。

科舍伊骑着马飞奔而去，追上了伊万王子，抓住他，把他杀死，然后把尸体放进一个桶里，给桶涂上沥青，用铁箍箍起来，抛入海中。最后，科舍伊把玛丽亚·莫雷夫娜带回了宫殿。

当伊万王子被杀死的时候，伊万王子留给妹妹、妹夫们的银器变得黯淡无光。

他们说："啊！伊万王子遇难了！"

老鹰急忙飞到海边，看到那个浮在海面上的木桶，便把木桶拖上了岸；而猎鹰去取生命之水，乌鸦去取死亡之水。

他们三个打破木桶，取出伊万王子的尸体，清洗干净。乌鸦把死亡之水和生命之水洒在伊万王子身上，王子就复活了，他坐了起来，说道："我感觉我睡了好长的一觉！"

"如果我们不来，您会睡得更久。"他的妹夫们回答道，"哥哥，跟我们回家吧！"

"不，亲爱的妹夫们。我必须去找玛丽亚·莫雷夫娜公主。"

他再次出发，来到了玛丽亚·莫雷夫娜被囚禁的宫殿，对她说：

"亲爱的玛丽亚，请从科舍伊那里打听他那匹疾如闪电的马是从哪儿得到的，那样我就可以带你走了。"

于是，玛丽亚·莫雷夫娜等到一个有利的时机，开始向科舍伊打听。科舍伊回答说：

"在二十七块陆地之外的第三十个王国，火之河的另一边，住着一位叫芭芭雅嘎的女巫。她有一匹母马，她每天都骑着它环游世界。她还有许多不错的母马。我给她看了三天的马群，一匹母马都没弄丢。作为回报，芭芭雅嘎送了我一匹小马驹。”

“你是怎么渡过火之河的呢?”

“我有一条魔法手帕——用右手挥动它三下，火之河上就会出现一座高高的桥，火就烧不着我了。”

玛丽亚·莫雷夫娜仔细地听着，之后把这些全部告诉了伊万王子，还把偷来的科舍伊的魔法手帕塞给伊万。伊万王子来到火之河旁，用魔法手帕变出一座高高的桥，安全渡过了火之河，然后急匆匆地去找芭芭雅嘎。他不吃不喝，走了很长时间。最后，他遇到了一只古怪的鸟和她的一群雏鸟。伊万王子说：“我要吃掉一只小鸟。”

“请别伤害我的孩子，伊万王子！”古怪的鸟哀求道，“以后我会帮你忙的。”

伊万王子就此作罢，他继续往前走，看见森林里有一群蜜蜂。

“我要吃一点蜂蜜。”伊万王子说。

“请别吃我的蜂蜜，伊万王子！”蜂后哀求道：“以后我会帮你忙的。”

伊万王子就此作罢，他继续往前走。不一会儿，一只母狮子带着她的幼崽来到了他的面前。

“不管怎样，我要吃掉这只小狮子。”他说，“我太饿了，再不吃东西，我会饿死的！”

“请别伤害我的孩子，伊万王子！”母狮哀求道，“以后我会帮你忙的。”

伊万王子就此作罢。他饿得两眼直冒金星，但还得继续赶路，走了好久，终于来到了芭芭雅嘎的家。她的房子周围有十二根柱子环绕，其中十一根柱子上钉着人头，只有第十二根上没有人头。

“您好，老奶奶！”

“你好，伊万王子！你来这儿有何贵干？”

“我来这儿，是为了从您这儿得到一匹英勇的战马。”

“这样吧，王子，你不用为我服务一年，只要三天，如果你好好照顾我的母马们，我就会给你一匹英勇的骏马。但如果你弄丢了任何一匹马，你的头就会被钉在我家第十二根柱子上。”

伊万王子毫不犹豫地答应了。芭芭雅嘎给了他食物，并让他开始干活。但芭芭雅嘎的马非常难驯，喜欢在草原上四处奔跑。王子还没来得及把这些母马挨个瞧清楚，她们就都不见了。他开始难过地哭了起来，连日的劳累让他再也撑不住了，他累得倒在一块石头上睡着了。太阳快要落山的时候，那只古怪的鸟飞来，叫醒他说：

“伊万王子，快起来！母马们已经回到马厩了。”

王子起身回家了。他看到芭芭雅嘎正呵斥她的母马们："你们为什么要回来?"

"我们没有办法，"母马们说，"古怪的鸟从四面八方飞来，不停地啄我们的眼睛。"

"好吧，你们明天别去草原了，到茂密的森林去。"她喝道。

这晚，伊万王子终于睡了个好觉，芭芭雅嘎一大早就把他叫醒："当心，伊万王子！如果你没有好好看守我的马群，只要丢了一匹，你的脑袋就会成为那根柱子的装饰品!"王子把马群赶到了野外。一到野外，这些马就冲进了茂密的森林中。他沮丧地坐在石头上哭泣，追赶马匹后的劳累让他一下子睡着了。太阳下山后，之前伊万王子遇到的母狮把他唤醒："回去吧，伊万王子。所有的马儿都回到马厩了。"伊万王子回到女巫的屋子。他看到女巫在大发雷霆，对着马群咆哮："你们为什么要回来?"

"不回来我们还能怎么办呢？猛兽从四面八方扑过来，要把我们撕碎。"

"那好吧，"她说，"明天你们必须跑进大海里去。"

伊万王子又睡了一晚的好觉。第二天一大早，芭芭雅嘎派他继续去牧马。"如果你弄丢了任何一匹，"她警告伊万，"你的头就会被钉在那个柱子上。"伊万王子刚刚把那些马儿赶到野外，她们就抖了抖鬃毛，跑进了大海里，海水直没到她们的脖子。伊万王子难过极了，他坐在一块大石头上，哭着哭着就睡着了。直到太阳西沉，蜂后把他叫醒，告诉他："伊万王子，快起来！母马们已经回到马厩了。不过你回去的时候，千万不要被芭芭雅嘎女巫发现，你躲到马厩的马槽后面，你会在那儿看到一匹可怜的马驹。在夜深人静时，骑上它偷偷地离开芭芭雅嘎的家。"

伊万王子回到马厩，藏了起来。当他躺下时，他听到了芭芭雅嘎对着她的母马大发雷霆："你们回来干什么？"

"不回来我们还能做什么呢？"母马们答道，"蜜蜂从四面八方飞来，疯狂地蜇我们，我们被蜇得鲜血直流。"

芭芭雅嘎非常无奈，去睡觉了。夜深人静时，伊万王子走向那匹可怜的小马驹，给它套上笼头，安上马鞍，然后跳上马背，骑着它奔向火之河。他来到河边，用右手挥动了三次魔法手帕，突然，河上冒出了一座高悬的桥。王子骑马过桥后，左手挥动了两次手帕，河上就只剩下一座摇摇欲坠的桥了！

芭芭雅嘎早上起床时，发现伊万王子和可怜的小马驹都不见了！她匆忙带上她的魔法用具，前往追赶。她冲到火之河边，瞥了一眼，说道："这座桥造得不错！"可是当她走到桥中央时，桥突然倒塌了，芭芭雅嘎掉进了火之河里，被活活烧死了！

伊万王子让小马驹在绿草地上吃草，它瞬间变成了一匹疾如闪电的大马。然后，他骑马赶到玛丽亚·莫雷夫娜所在的地方。她跑出来，扑到他身上，紧紧地搂住他的脖子，哭着说："你是怎么起死回生的?"

他告诉了她所发生的一切，然后对她说："跟我回家吧。"

"我害怕，伊万王子！如果科舍伊抓住了我们，你会再次被杀死。"

"不，他再也抓不到我们了！我现在有一匹疾如闪电的骏马。"然后他们骑着骏马离开了。

科舍伊在回宫殿的路上，他的马绊了一跤。

"你这匹老马怎么回事？你嗅到了什么吗?"

他的马回答："伊万王子带走了玛丽亚·莫雷夫娜公主。"

"那我们能抓到他们吗?"他问。

"天知道!"马儿回答道，"伊万王子如今有一匹比我好的马。"

"不，他别想就这样跑掉，"科舍伊说。"我们马上去追他们。"他骑着马拼命追赶，终于追上了伊万王子。他跳下马，想把伊万王子剁成肉酱。但是伊万王子的马飞跃起来，后蹄用力一踢，把科舍伊的脑袋踢得粉碎。伊万王子补上一棍，打死了他。王子堆起一堆木头，点起了火，在火堆上烧掉了不死者科舍伊，并把他的骨灰撒向风中。

玛丽亚·莫雷夫娜公主骑上了科舍伊的马儿，伊万王子骑上自己的坐骑，先后拜访了乌鸦、老鹰和猎鹰。在每座宫殿里，他们两个都度过了欢乐的时光。

伊万王子的妹妹和妹夫们都说："哥哥，我们都以为再也见不到您了。不过现在我们终于明白您为什么要冒这么大的危险去寻找玛丽亚·莫雷夫娜公主了，因为世界上再也找不到比她更漂亮的女人了！"他们在三座宫殿里都举行了盛大的宴会。最后，伊万王子和玛丽亚·莫雷夫娜公主回到了自己的王国。

不死者科舍伊

在某个国家里，有一个国王，他有三个儿子，都已长大成人。然而，他们的母亲突然被不死者科舍伊抢走了。长子恳求父亲允许他去寻找母亲。他的父亲应允了，但长子一去不返，杳无音讯。

二儿子也恳求父亲让他去寻找母亲，国王也同意了，但二儿子去了也杳无音讯。小儿子伊万王子对父亲说："父亲！请您准许我去寻找母亲吧！"

国王不肯让他走，说："我已经失去了你的两位兄长，如果你也走了，我会因为悲伤过度而死去的！"

"不！父亲，不管您是否应允，我都非去不可！"

国王只好答应了。

出发前，伊万王子去挑选马匹。伊万王子只用手拍了拍那些马的马背，那些马就摔倒了，没有一匹合他的意。他只好愁眉苦脸地步行去寻找母亲。突然，有一位老太婆出现了，问道："伊万王子，你为什么愁眉苦脸的呀？"

“走开，老太婆！别烦我”伊万王子说。

老太婆走开了，却从另一条小路绕回来，又走到伊万王子的面前，说：“你好啊，伊万王子！你为什么愁眉苦脸的呀?”

伊万王子心想：“这个老太婆为什么老缠着我呢？难道她能帮我的忙？”于是，伊万王子就对她说：“老婆婆，我找不到一匹中意的骏马。”

“傻孩子，为什么不早点问问我呢?”老太婆说，“你跟我来吧。”

老太婆把伊万王子带到一座小山上，指着一块地说：“你锄这块地吧。”

伊万王子锄开地，看见一扇用十二把铁锁锁着的铁门，他撬开这十二把铁锁，打开门，进了一座地下监牢。伊万王子看见监牢里有一匹用十二根链条拴着的骏马，骏马听到有人来了，边吼叫边挣断了那十二根链条。

伊万王子穿上盔甲，给马备好马鞍。伊万王子给了那老太婆一笔钱表示感谢，说：“非常感谢你，老婆婆，我要出发了，再见!”

伊万王子骑上骏马，飞奔而去。

伊万王子骑马走了一段路，来到一座山的山脚下。这座山非常陡峭，想要爬上去简直是天方夜谭。这时候，伊万王子的两个哥哥也来到了大山边，于是兄弟三人决定结伴而行。他们来到一块一百五十磅重的铁石

PCP

前，上面刻着一句话：“谁能把这块石头抛到山上，就给他开辟一条入山之路。”

两位兄长都搬不动这块石头，而伊万王子一下子就把石头抛上了山——山上马上出现了一架梯子。

伊万王子下了马，割破自己的手指，把血盛在杯子里，递给他的两位兄长，说：“杯子里的血如果变黑了，你们就别等我了，因为这就说明我死了！”

伊万王子告别了他俩，顺着梯子爬上山去。伊万王子看到山上树林茂密，野果、飞禽漫山遍野。伊万王子走了好一会儿，来到一幢大房子前。被不死者科舍伊抢来的一位公主住在这幢房子里。伊万王子绕着房子走了一圈，没找到大门。公主看见有人来，就走到阳台上喊道：“嘿！围栏那儿有一条缝隙，你用小手指触摸它，大门就出现了。”

伊万王子照公主说的那样做了。他走进房子，公主热情地接待了他。伊万王子告诉公主，他到山上来，是想要从不死者科舍伊那儿救出自己的母亲。

公主对他说：“要救出你的母亲很困难，伊万王子！不死者科舍伊是不会死去的，你反而会被他杀死。科舍伊常到我这儿来。这是他的宝剑，重五十磅。你如果能举起这柄宝剑，也许就能杀死他！”

伊万王子不仅举起了宝剑，还把宝剑抛到了空中。于是伊万王子继续上路了。

他来到了另一幢房子前，他用公主告诉他的方法找到了大门，走进了房子。伊万王子的母亲就在这房子里，母子二人含泪相拥。

伊万王子试了试自己的力气，举起了一个重约一千五百磅的铁球。这时，不死者科舍伊回家了，母亲把伊万王子藏了起来。科舍伊进了屋，说："哎哟喂！俄罗斯男人的骨头没看到过，现在俄罗斯人却自己送上门来了！是哪个男人来到你这儿了？是你的儿子吗？"

"你在说什么呀？上帝保佑你！你刚从俄罗斯回来，所以产生了错觉。"伊万王子的母亲回答说。她一边对科舍伊说着温存的话，一边转移话题，最后问道："你的性命藏在哪儿呢，科舍伊？"

"我的性命藏在一个遥远的地方，"科舍伊说，"那个地方有一棵橡树，橡树下藏着一只铁箱，铁箱里关着一只野兔，野兔肚子里有只鸭子，鸭子肚子里有颗蛋，我的性命就藏在这颗蛋里。"

科舍伊说完这番话后，不一会儿就飞走了。

于是，伊万王子征得母亲同意后，就出发去寻找不死者科舍伊的性命了。

伊万王子走了很长时间，没有进食。他快要饿死了，心想："要是能遇见个什么猎物就好了！"

突然，伊万王子看见一只小狼崽。他想杀了狼崽吃。这时，洞穴里跳出了一只母狼。母狼对伊万王子哀求道：

“请别伤害我的孩子，伊万王子！我以后会报答你的！”

“但愿如此吧！”

伊万王子放走了狼崽，继续前行，他看见了一只乌鸦。“这会儿该吃点东西啦！”伊万王子给猎枪装上子弹，想打乌鸦来吃。

乌鸦恳求伊万王子：“请别伤害我，我以后会报答你的！”伊万王子思索了一会儿，也放走了乌鸦。

伊万王子继续赶路，一直走到大海边。这时候，一条小梭子鱼突然跃出海面，在沙滩上扑腾。饿得半死的伊万王子捡起梭子鱼，心想：“这会儿有吃的了！”另一条梭子鱼游了过来，对他说：“请不要伤害我的孩子，伊万王子，我以后会报答你的！”

伊万王子又放走了梭子鱼。

伊万王子坐在海边，心想怎样才能渡过大海。梭子鱼似乎猜到了伊万王子的烦恼，它呼来成千上万的同胞，横躺在海面上，搭成一座桥。伊万王子踩在梭子鱼的背上渡过了大海。他终于到达了！他找到了不死者科舍伊提到的那棵橡树，挖出那只箱子，箱子一开，一只野兔就跳出来跑掉了。伊万王子很沮丧，不知道怎么把兔子抓回来。

然而，伊万王子放走的那只狼崽追上了那只野兔，并把它叼来送给了伊万王子。伊万王子开心地抓住野兔，把它的肚子打开，结果一只鸭子从野兔肚子里跳出来飞走了。伊万王子举枪射向鸭子，但总也射不中。正当他要放弃时，他放走的乌鸦带着小乌鸦抓住了那只鸭子，送回给伊万王子。伊万王子喜形于色，然后把蛋从鸭子身体里取了出来。伊万王子来到海边，想清洗一下这颗蛋，但是手一滑，蛋掉进了海里。伊万王子又犯了愁。

突然，海面上波涛翻滚——那条梭子鱼为他捞起了蛋，然后又喊来同胞们横躺在海面上，让伊万王子从它们背上走过去。

伊万王子回到母亲那儿，母亲又把他藏了起来。这时候，科舍伊飞回家来，说："哎哟喂！俄罗斯男人的骨头没看到一眼，而这里却藏着一个俄罗斯人！"

"你在胡说什么，科舍伊？我这儿没有藏任何人啊。"伊万王子的母亲回答说。

科舍伊说："你这儿肯定藏了人！"

伊万王子用力捏了一下那颗蛋，科舍伊就开始浑身抽搐。伊万王子走了出来，拿出蛋给科舍伊看，说道："你的性命就在我手中！"

科舍伊跪倒在地，向伊万王子求饶："伊万王子，请不要杀我！如果你饶我一命，我们可以一起瓜分整个世界！"

伊万王子并没有听信他的花言巧语，而是用力把蛋捏碎，科舍伊就一命归西了。

伊万王子和他的母亲踏上了回家的路。他们顺路来到了伊万王子曾碰到过的那位公主那儿，把她也带走了。他们又回到大山上，伊万王子的两位兄长还在山脚下等着他。

这时，公主对伊万王子说："伊万王子，我忘了拿我的结婚礼服、钻戒，还有一双鞋子，请你回我家取一下吧！"

伊万王子与公主已经说好，一回到家他俩就结婚。伊万王子让母亲与公主先下山。母亲与公主刚到山下，哥哥们就把梯子割断了，不让伊万王子下山。他们还威胁母亲和公主，不准她们对任何人讲这件事情。他们回到了王国。国王见妻子和两个儿子回来了，非常高兴，但也为没有看到伊万王子而伤心落泪。

伊万王子悲伤地回到公主住过的那幢房子里，取回了公主的结婚礼服、钻戒和鞋子。伊万王子回到大山边，用一只手抛起戒指，用另一只手接住戒指——这时，他面前出现了十二位勇士。

勇士们问道："伊万王子，请问有何吩咐？"

"把我送到这座大山的山脚下吧！"

十二位勇士马上护送他下了山。伊万王子戴回戒指，十二位勇士就消失了。

于是伊万王子回到了自己的王国。他住在一个老太婆家里。他向老太婆打听道："老婆婆，我们的王国里最近发生了什么新鲜事吗？"

“有的。我们的王后曾被不死者科舍伊抢去，国王的三个儿子都去找她。两个年长的儿子找到了她并把她接回了家，而第三个儿子伊万王子没回来，现在谁也不知道伊万王子在哪儿。两位王子和王后还带回来一位公主。大王子想娶那位公主为妻，而公主却让他先到一个地方去取回一枚钻戒，或者做出一枚她想要的钻戒，才答应和他结婚。大王子派了不少人去，但谁也找不到公主想要的那枚戒指。”

伊万王子说：“老婆婆，请你去和国王说，你能做这枚戒指。我会帮你忙的。”

老太婆听了伊万王子的话，去觐见国王。她对国王说：“国王陛下，我会做公主想要的钻戒。”

“太好了，老婆婆，那就交给你了！”国王说，“但是如果你做不成，就小心你的脑袋！”

老太婆感到害怕，她回家后催促伊万王子赶紧做戒指，伊万王子却只顾着睡大觉。老太婆惶惶不安，一边哭一边指责伊万王子：“都怪你！当初说好的包在你身上，然而你现在不管不顾，我真傻，相信了你的鬼话，老命就要没了！”

老太婆只好也睡觉去了。

第二天，伊万王子起了个大早，并叫醒了老太婆。伊万王子对她说：“起床吧，老婆婆，你把戒指送去给国王吧。但你要记住：最多只能接受一枚金币。如果国王问你，是谁做的戒指，你就说是你自己做的。千万别说是我做的！”

老太婆喜出望外，赶紧拿着戒指去觐见国王。

公主看到戒指后非常高兴，说：“这就是我想要的钻戒！”公主命人端来一大盘金币，老太婆只拿了一枚金币。国王问老太婆：“老婆婆，你怎么只要一枚金币？”

“我只需要一枚金币，国王陛下！如果以后我再需要钱的话，您再赏赐给我吧。”

老太婆说完后就走了。

又过了一段时间，坊间传言，公主叫国王的长子去某个地方取一套结婚礼服，要么就缝一套。于是，在伊万王子的帮助下，老太婆给公主送去了她的结婚礼服。后来，老太婆还给公主送去了鞋子。每次老太婆只接受一枚金币，并都说是自己做的。

不久，国王的长子与公主举行婚礼的日子终于来到了。伊万王子对老太婆说：“老婆婆，如果你看到公主出发去结婚礼堂了，请马上告诉我。”

此时，伊万王子立刻换上了王子的服装，并对老太婆说：“老婆婆，这才是我的真实面目！”

老太婆马上跪下，对伊万王子说：“王子啊，请原谅我，我曾数落过您！”

“愿上帝宽恕你。”伊万王子说。

伊万王子来到结婚礼堂时，他的大哥还没有到。于是伊万王子和公主举行了结婚仪式。在回王宫的路上，正巧迎面碰到伊万王子的大哥。大哥见此情此景，羞愧地回了宫。

国王见到伊万王子回了家，喜出望外。伊万王子告诉了国王两位哥哥的所作所为，国王很愤怒，婚宴一结束，就把长子和次子赶出了宫殿，并立伊万王子为王位继承人。

水 蛇

从前，有一个老妇人，她有一个女儿。一天，她的女儿和其他女孩一起去池塘里洗澡。她们脱光衣服，走进池塘里。突然，一条蛇从水里出来，滑向老妇人的女儿的衣服。过了一会儿，女孩们都从水中出来了，开始穿衣服。老妇人的女儿想穿上她的衣服，但是蛇却躺在上面。她想把蛇赶走，蛇却在上面一动也不动。蛇说：

“如果你愿意嫁给我，我就把你的衣服还给你。”

然而她根本不想嫁给蛇，其他女孩说：

“反正你又不可能嫁给他，你就假装说你愿意嫁给他!”

因此她说：“好的，我愿意嫁给你。”蛇从女孩的衣服上溜了下来，跳进了水里。女孩穿好衣服回家了，一回到家，女儿就对老妇人说：

“妈妈，今天发生了一件事情，我今天和姐妹们在池塘里洗澡，但是一条蛇抢了我的衣服，说要我嫁给它，否则就不把衣服还给我。我为了拿回我的衣服，只好答应了。”

“你在说什么鬼话，你这个小傻瓜！好像一个人可以嫁给一条蛇似的！”

所以她们一如往常地生活，没过几天就把这件事忘得一干二净了。

一周过去了，有一天，她们看到了一大群蛇蠕动着爬向她们的小屋。“啊！妈妈，救我，救我！”女孩叫道，她的母亲砰的一声关上门，想阻止蛇进来。蛇冲到门口，发现门是关着的，它们又冲进过道，但过道也不通。过了一会儿，它们把自己卷成一团，砸向窗户，把窗户砸碎，然后一起溜进了房间。女孩爬上了炉子，但是蛇一直跟着她，把她拉下来，并把她抬到小屋门外。她母亲陪着她，哭得很厉害。

蛇把女孩带到池塘边，带着她一起跳入水中。突然它们都变成了人形。母亲在池塘边待了一会儿，号啕大哭，但没有办法，只好回家了。

三年过去了。女孩住在池塘里，和蛇生了两个孩子：一个儿子和一个女儿。她时常恳求丈夫让她走——去见她母亲。所以终于有一天，蛇把她带到了岸上。但她在离开之前问蛇：

“当我需要你的时候，我该怎么找你呢?

“呼唤我，‘奥西普，奥西普，过来！’我就会来的。”蛇回答。

然后蛇又潜入水中。她回了母亲的家，一手抱着她的小女孩，一手牵着她的小男孩的手。她母亲出来迎接她，见到她真高兴！

“日安，妈妈！”女儿说。

“你在那儿过得好吗？亲爱的女儿。”母亲问道。

“很好，妈妈。我过得很好，比在家时还要好。”

她们坐下来聊了一会儿。母亲为她准备了晚餐，她吃了晚餐。

“你丈夫叫什么名字？”母亲问道。

“奥西普。”她回答。

“那你怎么回家呢？”

“我要去池塘边，大声喊：‘奥西普，奥西普，过来！’他就会来的。”

“女儿，你肯定累了，去躺下休息吧。”母亲说。

于是女儿躺下睡觉了。母亲立刻拿起一把斧子，磨好后来到了河边。她开始呼喊：

“奥西普，奥西普，过来！”

奥西普刚露出他的头，老妇人就举起斧头将他的头砍下来了。池塘里的水被鲜血染黑了。

老妇人回家了。当她回到家时，女儿醒了。

“妈妈，我厌倦了待在这儿，我要回我丈夫的家了。”

“女儿，今晚一定要留在这儿过夜，也许你再也没有机会和我待在一起了。”

于是女儿留在娘家过夜。早上她起床时，她母亲为她准备好早餐，她吃过早餐后和母亲告别，带着她的儿女来到池塘边，她喊道：

“奥西普，奥西普，过来!”

她又呼喊了好几遍，但奥西普还是没出来。

然后她向水中看去，看到一个头漂浮在水中，便猜到发生了什么。

“啊！我妈妈杀了他!”她声泪俱下。

然后，在岸上，她对她的女儿哭道：

“从今以后，你要变成一只鹪鹩，四处飞翔!”

她对她的儿子喊道：

“从今以后，你要变成一只夜莺，四处飞翔，我的孩子!”

她说：“而我，则会变成一只布谷鸟，四处飞翔，喊着‘布谷布谷’！从今以后，直到永远!”

海王与智慧的瓦西里萨

从前有一个国王和王后，国王非常喜欢打猎和射击。有一天，他出去打猎，看见一只小鹰站在橡树上。但就在他准备射击的时候，小鹰开始恳求他，哭着说：

“请饶我一命，国王陛下！请您把我带回宫殿，总有一天我会为您效劳的。”

国王沉思了一会儿，问道：“你对我有什么用？”说着，又举起了枪。

小鹰第二次恳求道：

“请饶我一命，国王陛下！请您把我带回宫殿，总有一天我会为您效劳的。”国王想了又想，但实在想不出小鹰对他有什么用处，所以决定把小鹰打死。接着，小鹰第三次恳求：

“请饶我一命，国王陛下！请您把我带回宫殿。喂我三年，总有一天我会为您效劳的。”

国王心软了，把小鹰带回家，喂了小鹰两年。但是小鹰吃得太多了，吃掉了国王所有的牛。最后，长大了的鹰说：

“现在请您还我自由吧！”

国王放走了鹰，鹰试着振翅起飞，但是飞不起来，于是鹰说：

“亲爱的国王陛下！您喂了我两年，请您再喂我一年，哪怕去借牛，都要养活我。喂养我您不会吃亏的！”

于是国王到处借牛，又喂了鹰一整年，然后放生。鹰飞得很高，飞了又飞，然后又降落到地上，说道：

“现在，我的国王陛下，请坐在我的背上！我们一起飞？”

国王骑在鹰背上，他们一起飞走了。不久他们到达了蓝色的大海上空。然后，鹰摆脱了国王，国王掉进了海里，海水没过了他的膝盖。但是鹰没有让他淹死，而是猛地把他拉回到翅膀上，问道：

“感觉怎么样，我的国王陛下？您感到害怕吗？”

“我怕极了，”国王说，“我以为我会被淹死！”

他们又飞了一段路程，直到到达另一片海。鹰在海中央甩掉了国王，不一会儿，鹰又把他拽回到翅膀上，问道：

“感觉怎么样，我的国王陛下？您感到害怕吗？”

“我很慌，”国王回答道，“但我一直在想，上帝保佑，鹰会把我救上来的。”

他们又飞了好久，到达了第三片海。鹰把国王扔进了一个巨大的海湾，海水没过了他的脖子。鹰第三次把他拽回到翅膀上，问道：

“感觉怎么样，我的国王陛下？您感到害怕吗？”

“是的，”他回答道，“但我一直在想，上帝保佑，鹰会把我救上来的。”

“好吧，我的国王陛下！现在您已经感受到了死亡的恐惧！我所做的是让您偿还旧债。您还记得我坐在橡树上，您想射杀我吗？有三次您已经箭在弦上了，但我一直恳求您不要杀我，我一直对自己说：‘也许他不会杀我，也许他会心软，带我回宫殿！’”

后来他们飞越了二十七块陆地，飞了很长很长时间。鹰说：“看，我的国王陛下，我们的上方和下方是什么？”

国王环顾四周，说：“我们的上方是天空，我们的下方是陆地。”

“再看看。我们的右边和左边是什么？”

“我们的右边是一片开阔的平原，左边是一幢房子。”

“我们要飞到房子那儿去，”鹰说，“我最小的妹妹住在那里。”

他们径直走进那幢房子的院子。鹰的妹妹出来迎接，热情地接待了她的哥哥，并让他坐在橡木餐桌旁。但是她不愿看国王一眼，而是将他拒于门外，还放了几只猎犬到外面盯着他。鹰非常生气，从桌子上跳起来，抓住国王，又飞走了。

他们飞了好久，鹰对国王说："看看我们的后面是什么？"

国王转过头，看了看，说道："我们的后面是一幢火红的房子。"

"那是我最小的妹妹的房子着火了，因为她没有款待你，而是放了几只猎犬看住你！"

他们飞啊飞。鹰又问："再看看，我的国王陛下，我们的上方和下方是什么？"

国王说："我们的上方是天空，我们的下方是陆地。"

"再看看。我们的右边和左边是什么？"

"我们的右边是一片开阔的平原，左边是一幢房子。"

"我的二妹住在那幢房子里，我们去拜访她。"

他们在一个宽阔的院子里着陆。二妹热情地接待了她的哥哥，并让他坐在橡木餐桌旁。但她不愿看国王一眼，而是将他拒于门外，还让猎犬盯着他。鹰非常生气，从桌子上跳起来，抓住国王，又飞走了。

他们飞了好久，鹰对国王说："看看我们的后面是什么？"

国王转过头，看了看，说道："我们的后面是一幢火红的房子。"

"那是我二妹的房子着火了！"鹰说，"现在我们要飞到我妈妈和我大姐住的地方。"

到了那儿后，鹰的母亲和大姐热烈欢迎了他们，并热情地接待了国王。

“现在，我的国王，”鹰说，“和我们待一会儿，然后我会给您一艘船，我会报答您对我的喂养之恩——上帝会送您回家！”

于是鹰给了国王一艘船和两个箱子——一个是红色的，另一个是绿色的，并说：

“国王，请注意！回家前不要打开箱子。回到家后，在后院里打开红箱子，再在前院里打开绿箱子。”

国王拿起箱子后，与鹰告别，于是他乘船在蓝色的大海上航行。不久，他来到一个岛旁，把船停在那儿。他下了船，走上岸，开始好奇这两个箱子里有什么，为什么鹰让他在回到家前不要打开。他实在太好奇了，于是拿起了红箱子，打开了它——箱子里变出了不同品种、数不胜数的牛，这个岛甚至都装不下这些牛了。

国王看到这一切，非常懊悔，开始哭泣，并自言自语道：

“我该怎么办？我怎样才能把这些牛放回箱子里呢？”

突然有一个人从水里浮上来，问他：“国王陛下，您为什么哭得这么伤心？”

“我怎能不哭呢？”国王回答道，“我要怎么把这么一大群牛放回这个小箱里呢？”

“如果您愿意，这件事可以交给我。我会帮您把所有的牛装回去。但有一个条件。您必须把家里所有您不知道的东西都给我。”

国王沉思着。

“家里有什么是我不知道的吗？”他心想，“我对宫殿里的一切了如指掌。”

他考虑了一下，同意了。

“请你帮我吧。我会把家里所有我不知道的东西都给你。”

于是，那个人就把国王所有的牛都装回了红箱子里。国王登上船，向宫殿驶去。

他回到家，才知道王后已经生了一个儿子。国王开始亲吻孩子，爱抚他，与此同时，泪如泉涌！

“我的国王陛下！”王后问，“您为什么流下苦涩的眼泪？”

“我是喜极而泣！”他回答道。

国王害怕告诉王后必须将刚生下的小王子拱手让人。后来，他走进后院，打开红箱子，里面涌出了公牛、奶牛、绵羊、山羊，以及各种各样其他的家畜，所有的牛棚和牧场都被挤满了。他走进前院，打开绿箱子，一座绿树成荫的花园出现了！国王非常高兴，完全忘记了要把王子送人的事情。

许多年过去了。一天，国王去散步，他来到一条河边。就在这时，他以前见过的那个人从水里冒出来，说道：

“国王，您真是贵人多忘事！请您想一想！您是不是还欠我什么东西!”

国王悲伤地回到了家，并把真相告诉了王后和王子。他们抱头痛哭，但无计可施，王子必须被送走。于是国王和王后把他带到河口，把他一个人留在那里。

王子环顾四周，然后走向了一条小路，他相信上帝会带领他去某个地方。他走啊走，来到一片茂密的森林里，森林里有一间小屋，小屋里住着女巫芭芭雅嘎。

“我觉得我应该走进去。”王子想着，就进去了。

“你好，王子!”芭芭雅嘎说。“你为什么来这儿?”

“老奶奶!先给我些吃的吧，吃饱了我才有力气回答你的问题。”

于是她给了他食物，王子吃饱后，告诉了女巫他来这儿的原因。

芭芭雅嘎说：“去吧，我的孩子，到海边去。十二只琵鹭会飞到那里，变成美丽的少女在海里洗澡，你悄悄顺走其中一个年龄最大的少女的衣服。当那个少女答应嫁给你之后，你就去她的父亲海王的宫殿。在去宫殿的路上你会遇到奥伯达洛、奥皮瓦洛和莫罗兹·特雷斯昆，你和他们结伴而行，他们会派上用场的。”

王子感激地告别了芭芭雅嘎女巫。他来到海边，藏在灌木丛后。不一会儿，十二只琵鹭飞到了那里，它们的翅膀拍打着潮湿的土地，不一会它们变成了美丽的少女，开始洗澡。王子偷了一个少女的衣服，又藏回灌木从后。少女们洗完澡，来到岸边，其他少女穿上衣服，变回琵鹭飞走了，只剩下智慧的瓦西里萨。她恳求这个好青年：

“请务必把我的衣服还给我！你现在正赶去我父亲海王的宫殿。你到了那里，我会帮你的。”

于是王子把她的衣服还给她，她立刻变成了一只琵鹭，去追她的同伴了。王子继续前进，在路上遇到了芭芭雅嘎提到的三个英雄：奥伯达洛、奥皮瓦洛和莫罗兹·特雷斯昆。他带着他们一起去海王的宫殿。

海王看见了他，说道：“你好，朋友！你为什么这么久才来找我？我等你等得不耐烦了。现在你要给我干活了。你的第一个任务，就是今晚为我建造一座巨大的水晶桥。如果明天来临前没建好，你就完了！”

王子离开了海王，大哭起来。智慧的瓦西里萨打开她楼上房间的窗户，问道：

“你在哭什么，王子？”

“啊！智慧的瓦西里萨！我怎么能不哭呢？你父亲命令我一个晚上建好一座水晶桥，而我甚至不知道怎么用斧头。”

“没关系。你现在睡吧。早上的脑瓜比晚上的好使。”

她让王子睡下了，但她自己走到台阶上，吹了一声响亮的口哨。木匠和工人从四面八方跑了过来，有的平整地面，有的搬运砖块，他们很快就建造了一座水晶桥，然后就各回各家了。

第二天一早，瓦西里萨叫醒了王子：

“王子！水晶桥已经建好了，我父亲待会儿会过来检查。”

王子跳了起来，抓起一把扫帚，来在桥上，开始到处清扫。

海王称赞了他。

“谢谢！”海王说，“你完成了一个任务，现在再完成另一个任务——明天之前给我建造一座绿色的花园——一个又大又阴凉的花园；花园里必须有欢声笑语的鸟儿、枝繁叶茂的树木、盛开的鲜花和累累的果实。

王子离开了海王，开始哭了起来。智慧的瓦西里萨打开窗户问道：

“你哭什么，王子？”

“我怎么能不哭呢？你父亲命令我一个晚上建好一座花园！”

“没关系。你现在睡吧。早上的脑瓜比晚上的好使。”

她让王子睡下了，但她自己走到台阶上，吹了一声响亮的口哨。园丁从四面八方聚在一起，他们造了一座绿色的花园，里面有欢声笑语的鸟儿、枝繁叶茂的树木、盛开的鲜花和累累的果实。

一大早，智慧的瓦西里萨叫醒了王子：

“起来吧，王子！花园建造好了，我父亲要过来

看看。”

王子立刻抓起一把扫帚，向花园走去。他在打扫花园的地面。海王称赞他说：

“谢谢你，王子！你做事可靠。所以你可以从我的十二个女儿中选一个当作新娘。她们的模样、发式和衣着都一模一样。如果你连续三次认出你的心上人，她就嫁给你；如果认错的话，我将处死你。”

智慧的瓦西里萨知道这一切，她悄悄地对王子说：

“我第一次会挥动手帕，第二次会整理衣服，第三次你会看到一只苍蝇在我头上。”

王子猜了三次，都猜对了。于是，他俩结婚了，婚宴也准备就绪。

婚宴上，海王准备了各种菜肴，邀请了一百多人。他命令他的女婿要保证婚宴上所有的菜肴都要被吃光。“如果婚宴上剩下菜肴，你就必死无疑！”他说。

“我的父亲，”王子恳求道，“我有一个老朋友，请让他和我们一起吃些点心吧。”

“让他来吧！”

奥伯达洛出现了，他吃光了所有的东西，仍然没有满足。

接下来，海王拿出四十大桶各种各样的烈酒，命令他的女婿把这些酒都喝光。

“我的父亲，”王子再次恳求道，“我还有另一个老朋友，也让他为您的健康干杯吧。”

“让他来吧！”

奥皮瓦洛出现了，他转瞬间喝光了四十大桶酒，离别前又要求喝一杯。

海王看到计谋没有得逞，便下令为王子和瓦西里萨准备一个铁浴室[①]——并尽可能烧热。他令人在铁浴室底下点燃十二车柴火，浴室的炉子和墙壁被烧得通红——人站在离浴室五俄里远的地方都会被烫伤。

“我的父亲，”王子说，“我的一个老伙计想先去浴室洗个澡。”

“可以！”

莫罗兹·特雷斯昆走进浴室，他呼了一口气，一会儿吹向一个角落，一会儿又吹向另一个角落，浴室突然凉了下来，角落里甚至挂起了霜。于是，这对年轻夫妇也进了浴室，洗了澡，然后回家了。

过了一会儿，瓦西里萨对王子说：“让我们逃离我父亲吧。他非常生气，也许他会伤害你。”

“我们走吧！”王子说。

他们马上给马套上鞍，飞奔到开阔的平原上。他们骑马飞奔了许多个小时。

“从马上跳下来，王子，把你的耳朵贴近地面。”瓦

① 俄罗斯农民婚礼的仪式结束后，年轻夫妇总是去洗澡。

西里萨问王子能否听得到追兵的声音。

王子把耳朵贴在地面上，但是他什么也听不见。然后瓦西里萨从她的骏马上下来，伏在地上听了听，说："王子！我听到巨大的追逐声。"然后她把马变成了一口井，把自己变成了一只碗，把王子变成了一个老态龙钟的老人。追兵上来了。

"嗨，老头！"他们说，"你有没有看见一个青年和一个少女经过?"

"我看见他们了，我的朋友们！只是那是很久以前的事了。他们骑马经过的时候，我还年轻。"

追捕者只能回去向海王如实禀报。

他们说："我们把他们追丢了，只看到一个老人在井边，一只碗漂浮在水面上。"

"他们就是王子和我的瓦西里萨！你们为什么没有抓住他们?"海王怒吼，随即残忍地杀死了追赶者，并派出另一支部队追赶王子和智慧的瓦西里萨。

王子和瓦西里萨早已逃得很远很远了。

智慧的瓦西里萨听到了新一批追兵发出的声音，于是她把王子变成了一个老神父，她自己变成了一座古老的教堂。它的墙壁几乎连在一起，布满了青苔。追兵很快就来了。

"嗨，老头！你有没有看见一个青年和一个少女经过?"

"我看见他们了！只不过是很久很久以前的事了。

他们骑马经过时，我还是个年轻人，就在我建造这座教堂的时候。”

于是第二组追兵回到海王身边，说：

“没有他们的踪迹或消息，陛下。我们只看到了一个老神父和一座古老的教堂。”

“你们为什么没有抓住他们？”海王比之前更愤怒了，他残忍地杀死了追兵，然后骑马飞奔去追赶王子和智慧的瓦西里萨。这一次，瓦西里萨把马变成了一条两岸洒满布丁的蜂蜜河，把王子变成了一只公鸭，把她自己变成了一只灰色的鸭子。海王赶到后，扑向布丁和蜂蜜，开始暴饮暴食，直至撑死！

王子和瓦西里萨继续骑马前行。最后，他们快到王子父母的家了。瓦西里萨说：

“往前走，王子，向你的父母报告你的到来。我会在城外等你。只是要记得我的这些话：吻其他人，但不要吻你的妹妹，如果你这样做了，你就会忘记我的。”

王子回到家，开始向每一个人行礼，也吻了他的妹妹，他刚吻了妹妹，就忘记了他的妻子，就好像她从未进入过他的脑海。

智慧的瓦西里萨等了他三天。第四天，她穿得像个乞丐，进了首都，住在一个老妇人的房子里。这时王子正准备迎娶一位富有的公主，并下令整个王国的基督徒都要来祝贺新娘和新郎，每个人都要带来一个小麦馅饼作为礼物。收留瓦西里萨的那个老妇人和其他人一样，准备筛面粉做馅饼。

“老奶奶，你为什么做馅饼?”瓦西里萨问道。

“为什么？你显然不知道。我们的国王要为他的儿子迎娶一位富有的公主，我们必须去王宫为这对年轻夫妇提供晚餐。”

“我也要烤一个馅饼，然后把它带到宫殿里，也许国王会给我一些礼物。”

“以上帝的名义烘烤!”老妇人说。

瓦西里萨拿起面粉，揉成面团，做了一个馅饼。她在里面放了一些奶油和一对活鸽子。

老妇人和智慧的瓦西里萨刚好在晚餐时间到达宫殿。一场盛宴正在进行——一场适合全世界观看的盛宴。瓦西里萨的馅饼被放在桌子上，但它刚被切成两半，两只鸽子就飞出来了。母鸽抓了一块甜点，她的伴侣对她说：

“给我来点奶油，鸽子。”

“不，我不会给你的，”另一只鸽子回答，“否则你会忘记我，就像王子忘记了他的智慧的瓦西里萨一样。”

这时，王子想起了他的妻子。他从桌子上跳了起来，抓住瓦西里萨白皙的手，让她坐在他身边。从那以后，他们一直幸福快乐地生活在一起。

老巫婆芭芭雅嘎

从前有对老夫妇，生了一个女儿。后来老太婆死了，老头又娶了个妻子。狠毒的后妈不喜欢这个女儿，经常打她，想着法儿要把她害死。有一天，老头到别的地方去了，后妈就对女儿说："你去一趟姨妈家，也就是我姐姐那儿，向她讨根针，要段线，拿来我替你缝衣裳。"

这个姨妈是个凶恶的老巫婆。

老头的女儿并不傻，她先到了自己的亲姨妈那里，说："你好，姨妈！"

"你好，亲爱的外甥女！你来找我有什么事吗？"

"后妈打发我去一趟她姐姐那儿，向她讨根针，要段线，拿来替我缝衣裳。"

于是，亲姨妈告诉她："你到了那儿，白桦树会抽打你的眼睛——你就给它们系上布条子；大门会关得嘎吱作响——你就在门下倒点儿油；几条狗会冲着你汪汪叫——你就扔几块面包给它们；有只猫会挠你的眼睛——你就给它块熏肉吧。"

女孩听了亲姨妈的话，就上路了。她走啊走，终于来到了老巫婆的家。这是一间小屋子，凶恶的老巫婆正坐在屋里织布。

“您好，姨妈！”

“你好呀，外甥女！”

“妈妈打发我到这儿来，向你讨根针，要段线，拿回家替我缝衣裳。”

“好吧，你先坐下，帮我织会儿布。”

于是，女孩坐在织布机旁。老巫婆走到房子外，对她的女佣说：“你快去烧热水，给我外甥女好好洗个澡，然后盯着她。我明天要把她当作我的早餐吃掉。”

女孩听到后，坐在屋里吓得半死，她去恳求女佣：“亲爱的女佣，请你打湿木柴，不要让它们烧起来；请你用柳条筐来打水吧。”说完她送给女佣一块手帕。

老巫婆芭芭雅嘎等得不耐烦了，就走到窗户跟前问：“亲爱的外甥女，你还在织布吗？”

“噢，我正织着呢，亲爱的姨妈。”于是芭芭雅嘎走开了。

女孩给猫一块熏肉吃，问道：“有没有离开这里的方法呢？”

“我给你一把梳子和一块手帕，”猫说，“你拿着梳子和手帕逃走吧。芭芭雅嘎肯定会来追赶你。你把耳朵贴到地上，听到她离你近了，就先把手帕扔到身后，手帕会变成一条很宽的河；芭芭雅嘎游过了河，她会继续追赶你，你再把耳朵贴到地上，听到她离你近了，再把梳子扔到身后，你身后就会出现一片茂密的森林，芭芭雅嘎就过不去啦！”

女孩拿起手帕和梳子就逃走了。那几条狗刚想冲着她叫，她就扔了几块面包，狗放她过去了；大门刚要砰地关上，她就倒了点油在门下，大门就敞开着让她通过了；白桦树刚要抽打她的眼睛，她就把布条子系在树枝上，白桦树就放她过去了。猫坐在织布机旁，帮女孩织起了布，它织多少，就坏多少。

芭芭雅嘎走到窗前，问道：“亲爱的外甥女，你还在织布吗？”

“噢，我正织着呢，亲爱的姨妈。”猫粗声粗气地回答。

芭芭雅嘎听了觉得不对劲，冲进屋子里，看到女孩逃跑了。芭芭雅嘎一面打猫，一面责问它，为什么不挠瞎女孩的眼睛。

猫说：“我服侍你那么久，连根骨头都吃不上，但是她却给了我熏肉！”

芭芭雅嘎又去找了狗、大门、白桦树和女佣算账，对其又打又骂。

狗对她说：“我们服侍你那么久，你却从来没有给过我们哪怕一片烧焦的面包皮吃。”大门说：“我们服侍你那么久，你却从来没给我们倒点油。”白桦树说：“我服侍你那么久，你却从来没给我系过一条布带。”女佣说：“我服侍你那么久，你从来没有给过我一块破布，但是她却给了我一块手帕。”

凶恶的芭芭雅嘎只能赶紧坐上她的扫帚去追女孩。女孩把耳朵贴在地面上，听见芭芭雅嘎快追上来了，就把手帕扔到身后，身后就出现了一条很宽很宽的河！芭芭雅嘎追赶到河边，因为过不了河而恨得咬牙切齿。她只得回家赶她的牛群，将这群牛赶到河边。牛群喝干了河里的水，芭芭雅嘎这才过了河，继续追赶女孩。女孩再把耳朵贴在地面上，听见芭芭雅嘎又追了上来，离得很近了，就把梳子扔过去，她身后立刻出现了一片茂密的森林。芭芭雅嘎想穿过这片森林，但不管她怎样拼命，都穿不过去。芭芭雅嘎无计可施，只能灰溜溜地回家去了。

女孩的父亲终于回到家，发现女孩不见了，就问女孩的后妈：“我的女儿呢？”

“她去她姨妈家了。”后妈说。

不久之后，女儿就自己跑回家了。

“你上哪儿去了？”老头问。

“啊！父亲！”女儿说，“妈妈让我去姨妈家讨针线，说是拿来替我缝衣裳。而姨妈是个凶恶的女巫，想要吃掉我。”

“那你是怎么逃回来的呢?”

女儿一五一十地把经过告诉了老头。老头听后大发雷霆，赶走了女孩的后妈。从此以后，老头和他的女儿过上了幸福的日子。

美人瓦希丽莎

从前，在某一个王国里有一位商人。他结婚十二年，只有一个女儿，名叫瓦希丽莎。他妻子去世的时候，女儿才八岁。母亲在临死前，把女儿叫到跟前，从被单下面拿出了一个人偶，交给女儿，说："听着，瓦希丽莎，你要记住我最后对你说的话，并且一定要按照我说的去做。我快要死了，这个人偶留给你，作为母亲对你的祝福，你要把它留在身边，但永远不能给任何人看。当你遇到麻烦时，你就给它点东西吃，求它帮助你。它吃饱后，就会告诉你解决的办法。"她吻过女儿后，就去世了。

妻子死后，商人悲伤了好久。然后，他开始考虑再婚。商人是个有钱人，他不考虑有嫁妆的未婚女子，反而看上了一个寡妇。这个寡妇年纪不轻，有两个女儿，和瓦希丽莎差不多大。商人认为她既能做好管家的女主人，又是一个有经验的母亲。

商人娶了寡妇，但他发现他并没有为自己的女儿瓦希丽莎找到一位善良和蔼的母亲。瓦希丽莎本是全村最美丽的姑娘，但是后妈和两个姐姐非常嫉妒她的美貌。她们用各种各样的苦活儿来折磨她，想把她累瘦，想让太阳晒黑她。她过着苦不堪言的日子，却一天天出落得更丰满、美丽了；后妈和她的女儿们尽管总是像贵妇人一样双手交叠着坐着，却因为怨恨而变得消瘦而丑陋。

但是这是怎么一回事儿呢？原来是人偶帮了瓦希丽莎。如果没有人偶的帮助，瓦希丽莎就干不动那么多活儿。瓦希丽莎从来不会把自己的那份食物吃完，而是把最可口的部分留给人偶。晚上，其他人都去睡觉时，瓦希丽莎就躲进她住的小房间，把食物拿出来给人偶吃，并对人偶说：

“快吃吧，人偶。我和你说说我的苦恼，想请你帮助我！我虽然住在自己家里，但一直都不快乐。狠毒的后妈和姐姐们一直虐待我。请你告诉我，我该怎么办?”

人偶吃饱后，就给了瓦希丽莎一些建议，并安抚她。到了第二天早上，人偶替瓦希丽莎干完了所有的活儿。瓦希丽莎只是摘摘花儿，在阴凉的地方休息；而人偶则锄好地，给卷心菜浇好水，打好水，生好炉子。人偶还给了瓦希丽莎一些草药，这些草药可以把晒黑的皮肤变白。有了人偶的帮助，瓦希丽莎的日子不再痛苦。

几年过去，瓦希丽莎长大了，该结婚了。城里的青年纷纷来向瓦希丽莎求婚，对她后妈的两个女儿却视而不见。

后妈的脾气比以前更大了，她恶狠狠地对那些前来向瓦希丽莎求婚的青年说：“在我的两个女儿嫁出去之前，瓦希丽莎别想出嫁!”于是，前来求婚的男子们被她赶走了，而瓦希丽莎也被毒打了一顿。

有一回，商人要出远门做生意。商人走后，后妈把家搬到了另一所房子里。这所房子周围是一片茂密的森林，森林里的旷地中有一间小木屋，小木屋里住着女巫芭芭雅嘎。她不许任何人走近小木屋，否则她会像吃鸡肉一样把人吃掉。

搬进新家后，后妈常常找借口把瓦希丽莎送到林子里去，但瓦希丽莎总能安然无恙地回来。因为人偶总是给她带路，她从来不会走到芭芭雅嘎的小木屋去。

秋天来了，后妈规定三个女儿每人每天晚上都要干完一种活儿：大女儿织花边，二女儿织袜子，瓦希丽莎纺纱。后妈吹灭了房子里的灯，只在女儿们干活的房间里点了一支蜡烛，自己则上床睡觉去了。三个女儿各干各的活儿。过了一会儿，蜡烛快要熄了，后妈的一个女儿拿走蜡烛，好像要挑亮烛芯，但其实是遵照母亲的命令，假装无意中熄灭了蜡烛。

“我们现在该怎么办呀？”后妈的两个女儿嚷嚷起来，“屋里黑漆漆的，我们的活儿还没干完！我们中得有个人去芭芭雅嘎那儿借个火!”

“我的别针对我来说足够亮了！”织花边的那个女儿说，“我不用去！”

“我也不去，”织袜子的那个女儿说，“我的织针也足够亮了。”

“瓦希丽莎，你应该去跟芭芭雅嘎借个火。”后妈的两个女儿喊道。

她们把瓦希丽莎推出房间外。

瓦希丽莎来到自己的小房间，把为人偶准备的晚餐摆在它面前，对它说：

“快吃吧，人偶。我和你说说我的苦恼，想请你帮助我！她们让我去老巫婆那儿借个火。但是我去的话，老巫婆会吃掉我的！”

人偶吃饱后，两眼像烛光一样闪闪发亮，它说：“瓦希丽莎，你别害怕，她们让你去，你就去，把我带上就好了。有我在，到了老巫婆那儿你也不会有事儿的。”

瓦希丽莎把人偶装进口袋，默默地画十字祈祷，于是她走进了茂密的森林。瓦希丽莎瑟瑟发抖地走着，突然，一个骑士从她身旁一跃而过：这位白脸骑士一袭白衣，骑着一匹白马，马鞍也是白的——这时，天色微亮了。瓦希丽莎继续往前走，突然，又一个骑士从她身旁一跃而过：这位红脸骑士，身着红衣裳，骑着一匹红马，马鞍也是红的——这时，太阳升起了。

瓦希丽莎走了一整夜，第二天又走了一整天，直到傍晚时分，她终于来到了林中的旷地，老巫婆芭芭雅嘎的小木屋就在这里。小木屋四周的栅栏都是用人骨做成的，栅栏顶部戳着一颗颗有眼睛的骷髅头，死人的腿立着当作门柱，手当门闩，一张长着锋利牙齿的嘴巴当门锁。瓦希丽莎见此情景吓得魂不附体，愣在原地。

突然，又一个骑士飞奔而来：这位黑脸骑士，身着黑衣裳，骑着一匹黑马，马鞍也是黑的。他飞奔到芭芭雅嘎的家门口就消失了，像是钻到地下去了。突然，黑夜降临了。

但是黑暗没有持续多久。栅栏上一颗颗骷髅头的眼睛里都燃起了火苗，整块旷地顿时变得亮堂堂的，亮得像白天一样。瓦希丽莎吓得毛骨悚然，站在那儿一动不动，不知道该往哪儿跑。

不一会儿，森林里发出一阵令人不寒而栗的响声：树叶窸窸窣窣，芭芭雅嘎从森林出来了。她坐在研钵里，用捣槌推着前行，并用扫帚将一路留下的痕迹掩上。芭芭雅嘎来到家门口，停了下来，嗅了嗅，喊道："啊哈！我闻到了人的气味！是谁在这儿？"

瓦希丽莎惊恐万状地走到芭芭雅嘎跟前，深深地鞠了个躬，说道："老婆婆，是我！后妈的两个女儿让我来找您借个火。"

"好吧，"芭芭雅嘎说，"我认识她们。但你先得替我干点活儿，干好了之后，我会把火借给你，干不好的话，我要吃了你！”

然后她来到家门口，大声喊道：

“呵，我的牢牢的栅栏，请你落下吧；我的宽敞的大门，请你打开吧！”

门开了，芭芭雅嘎坐在研钵里吹着口哨进去了，瓦希丽莎也跟着进去了，栅栏和大门随后就关上了。芭芭雅嘎伸了个懒腰，进屋躺上了床，然后对瓦希丽莎说：“炉子里有吃的东西，我饿了，你帮我拿过来。”

瓦希丽莎用骷髅头里的火点燃了一根干树枝，借着火光，从炉子里找出肉，送到芭芭雅嘎跟前——芭芭雅嘎的这顿饭足够十个人吃了。瓦希丽莎又从地窖里拿出克瓦斯酒、蜂蜜酒、啤酒和葡萄酒。老巫婆酒足饭饱，只留给瓦希丽莎一丁点儿菜汤、一点面包屑和一小块乳猪肉。然后，芭芭雅嘎躺下睡觉了，临睡前她对瓦希丽莎说：

“我明天要出门，我走之后，你要打扫院子，整理房间，把衣服被褥洗干净，再到谷仓里去拿四夸脱小麦，把里面的杂草碎石拣干净。这些事情你都要一一做到，否则的话，我要把你吃掉！”

芭芭雅嘎吩咐好这一切后，就上床睡了。瓦希丽莎就把芭芭雅嘎留给她的残羹冷炙放在人偶面前，哭着对人偶说：“人偶，你吃吧，我和你说说我的苦恼！老巫婆让我干许多重活，要是干不完，她就要吃了我。请你帮帮我的忙吧！”

人偶吃完后，就对瓦希丽莎说：“你别怕，美人瓦希丽莎。你和往常一样祈祷、睡觉，早晨比夜晚有智慧。”

第二天，瓦希丽莎起了个大早，然而芭芭雅嘎早已起了，芭芭雅嘎看向窗外，只见骷髅头眼睛里的火都熄灭了。只见白衣骑士一闪而过——天微微亮了。芭芭雅嘎走到院子里，吹了一声口哨——研钵、捣槌和扫帚就出现在她的面前了。红衣骑士又一闪而过——太阳升起了。芭芭雅嘎骑着研钵出了院子，用捣槌推着前行，并用扫帚将一路留下的痕迹掩上。屋子里只剩下瓦希丽莎了，她把老巫婆的屋子四下打量了一番，发现屋子里的东西可太多了。这下把她难住了：这么多活儿，该先做什么呢？瓦希丽莎沉思着，再抬头看时，发现人偶快把所有的活儿做好了，它正在从小麦里挑拣出最后的杂草碎石。

“啊！人偶，你真是我的救命恩人！”瓦希丽莎对人偶说。

“你就负责做顿饭吧，”人偶对瓦希丽莎说，“做完饭后就可以休息一会儿了。”说着，人偶就爬回了瓦希丽莎的口袋里。

到了傍晚，瓦希丽莎把饭菜端到桌子上，等着芭芭雅嘎回来。只见黑衣骑士在门外一闪而过——夜幕降临了。骷髅头的眼睛里又燃起了火苗。

外面的树叶沙沙作响，芭芭雅嘎回来了。瓦希丽莎出去迎接她。

“活儿都干完了？”芭芭雅嘎问。

“老婆婆，您自己看看吧。”瓦希丽莎说。

芭芭雅嘎里里外外看了一遍，发现活儿干得无可挑剔，只好夸道：“活儿干得非常好！”

于是，芭芭雅嘎喊道：“我忠实的奴仆，我热情的朋友，请把小麦磨成粉吧！”

突然，空中出现了三双手，把小麦拿走了。芭芭雅嘎吃饱了饭就上床睡觉去了，临睡前再次吩咐瓦希丽莎：“你明天仍然干和今天一样的活儿，此外，你把谷仓里的大麦拿来，一粒一粒地把泥土去掉，你瞧瞧，有人使坏把泥土掺进了大麦里！”芭芭雅嘎说完又呼呼大睡了。瓦希丽莎又给人偶吃东西，人偶吃完东西就对瓦希丽莎说：

“祈祷完就去睡觉吧，早晨比夜晚有智慧！所有的活儿都会做完的，亲爱的瓦希丽莎！”第二天早上，芭芭雅嘎又坐着研钵出了家门。瓦希丽莎和人偶很快又把所有的活儿都干好了。芭芭雅嘎回家后又里里外外看了一遍，喊道：“我忠实的奴仆，我热情的朋友，请把大麦拿去吧！”突然出现了三双手，把大麦拿走了。芭芭雅嘎坐下来吃饭。瓦希丽莎一言不发地站在一旁。

“你怎么一声不吭地站在那儿？跟个哑巴似的！”芭

芭雅嘎说。

“我不敢说话，”瓦希丽莎回答说，“但是如果您允许的话，我想问您些事情。”

“你问吧。但是并不是所有问题都会带来好结果。知道得越多，老得越快！”

“老婆婆，我只想问您：在我来您这儿的路上，有一位骑白马的白衣骑士从我身边经过，他是谁呀？”

“这是我的明亮的白天！”芭芭雅嘎回答道。

“还有，后面又有一位骑红马的骑士赶到我的前头去了，这位红脸骑士穿着一身红衣裳。他是谁呀？”

“这是我火红的太阳！”芭芭雅嘎回答道。

“老婆婆，那位骑黑马的骑士又是谁呢？他就在您的家门口，从我身边经过。”

“这是我的黑夜——他们三个都是我忠实的奴仆！”

瓦希丽莎想起了那三双手，于是沉默了。

“你还有要问的吗？”芭芭雅嘎说。

“没有了，老婆婆。您说得对，知道得越多，老得越快。”

“妙啊！”芭芭雅嘎说，“你只问我你在路上看见的事，而不打听我屋里的事！ 我不想家丑外扬！至于过分好奇的人，一般我都会吃掉他们，现在我要问你了，我吩咐你干这么多又重又累的活儿，你是怎么完成的？”

“是母亲的祝福帮助了我。”瓦希丽莎回答道。

“你母亲的祝福？那我可要下逐客令了！我不欢迎接受过祝福的人。”芭芭雅嘎把瓦希丽莎赶到大门外，顺手从栅栏上取下了一个眼睛里冒着火苗的骷髅头，将它扎在一根木棍上，递给瓦希丽莎，说：“给你，这是你要的火，拿着吧！你的姐姐们让你来我这儿，不就是为了借火的吗？”

瓦希丽莎拿着眼睛里冒着火苗的骷髅头跑回家了。第二天傍晚，瓦希丽莎走近家门口时，本想把骷髅头扔掉，因为她突然想到家里大概已经不缺火了。

此时，只听见骷髅头里发出了一个低沉的声音：“不要把我扔掉，带我去见你的后妈吧！”

瓦希丽莎透过窗户往家里看了一眼，家里确实没有光。于是她决定带着骷髅头回家。瓦希丽莎第一次受到后妈和姐姐们的热情款待，她们说自从她走了以后，房子里一直都是黑灯瞎火的，无论她们怎么点火，蜡烛总点不着；她们从邻居家借火，但只要一进屋，火就灭了。

“你从老巫婆那儿借来的火应该管用吧！”后妈对瓦希丽莎说。她们举着眼睛里冒着火苗的骷髅头走进屋里。然而，奇怪的是，骷髅头的眼睛一直瞪着后妈和她的两个女儿，还会喷出火苗到她们身上！后妈和她的两个女儿只得四下乱窜，可无论她们往哪儿逃，火苗始终追着她们不放。到了第二天早上，后妈和她的两个女儿就被烧焦了，只有瓦希丽莎毫发无损。

天亮后，瓦希丽莎把骷髅头埋到土里，锁上后妈家的门，到了附近的一个镇上，一位老妇人收留了她，她就在老妇人家里住了下来。不久，闲得无聊的瓦希丽莎想要干活，她的人偶给她做了一台精巧的织布机，冬天快要过去时，她已经织了许多亚麻布，这些亚麻布又细又滑。到了春天，瓦希丽莎把这些布漂白后作为礼物送给了老妇人。老妇人很吃惊，因为这些布只有国王才配用。于是老妇人把它送给了国王，国王非常惊奇，下令把这些布做成衣服。但是没有一个裁缝能裁好这些布，于是国王找了瓦希丽莎缝衣服。瓦希丽莎专心致志地缝好了一套衣服，老妇人拿去献给了国王。瓦希丽莎自己则洗了个澡，梳理了头发，穿好衣服，坐在窗前。不久，来了一个信使，要求她立即进宫见国王。美人瓦希丽莎来到王宫时，国王立马对她一见钟情。“我的美人，”他说，“我永远不会离开你，请你嫁给我！”于是国王娶了瓦希丽莎。不久，瓦希丽莎的父亲回来了，父亲也住进了王宫。瓦希丽莎也把老妇人带到了她身边，至于人偶呢，她一直把它放在口袋里。

女巫与伊瓦什科

从前有一对老夫妻，他们有一个儿子，名叫伊瓦什科[①]，天知道他们有多喜欢他！

有一天，伊瓦什科对他的父母说：

“父亲母亲，请你们允许我出去钓鱼。”

“你在想什么！你还很小，如果你钓鱼的时候被淹死了怎么办？”

“不，不，我不会被淹死的。我会给你们抓些鱼回来，请让我去吧！”

于是他的母亲给他穿上一件白衬衫，给他系上一条红腰带，让他走了。他坐在船上，说：

“小船，小船，漂远一点，
小船，小船，再漂远一点！”

---

① 伊瓦什科或伊万舍奇科都是“伊万”的爱称。

小船越漂越远，伊瓦什科开始钓鱼。过了一会儿，老妇人蹒跚着走到河边，对她的儿子喊道：

“伊万舍奇科，伊万舍奇科，我的儿呀，
回来吧，回到岸边来，
我给你带了吃的和喝的。”

伊瓦什科说：

“小船，小船，快回到岸边，
那是我母亲在呼唤我。”

小船漂到了岸边。老妇人拿了儿子钓的鱼，给了儿子食物和水，还让他换了身衣服和腰带，让他继续回去钓鱼。他坐在船上说：

“小船，小船，漂远一点，
小船，小船，再漂远一点！”

小船越漂越远，伊瓦什科开始钓鱼。过了一会儿，老头儿也一瘸一拐地走到岸边，对儿子喊道：

“伊万舍奇科，伊万舍奇科，我的儿呀，

回来吧，回到岸边来，
我给你带了吃的和喝的。”

伊瓦什科说：

“小船，小船，快回到岸边，
那是我父亲在呼唤我。”

小船漂回了岸边。老头儿拿了儿子钓的鱼，给了儿子食物和水，给他换了身衣服和腰带，让他回去钓鱼。

一个女巫发现只要伊瓦什科的父母大喊他的名字，他就会漂回岸边。她想要抓走这个男孩，于是她走到岸边，声嘶力竭地大喊：

“伊万舍奇科，伊万舍奇科，我的儿呀，
回来吧，回到岸边来，
我给你带了吃的和喝的。”

伊瓦什科知道这不是他母亲的声音，而是一个女巫的声音，于是他唱道：

“小船，小船，漂远一点，
小船，小船，再漂远一点！

那不是我母亲在呼唤我，而是一个女巫。”

女巫发觉她必须用和他母亲一样的声音来呼唤伊瓦什科。

于是她急忙去找铁匠，对他说：

“铁匠！让我的声音变得像伊瓦什科的母亲的声音一样微弱。如果你不帮我，我就吃掉你。”铁匠被迫给她打造了一个微弱的声音，和伊瓦什科的母亲的声音一样。然后女巫在夜晚来到岸边，唱道：

“伊万舍奇科，伊万舍奇科，我的儿呀，
回来吧，回到岸边来，
我给你带了吃的和喝的。”

伊瓦什科来了，女巫拿过他的鱼，突然一把抓住他，并把他带回家。回到家时，她对她的女儿阿伦卡说：“把炉子烧热，越热越好，然后把我带回来的小孩子放进炉子里烤好，现在我要去接我的朋友来参加宴会。”阿伦卡烧热了炉子，然后对伊瓦什科说：

“小孩，过来，坐到这把铁锹上！”

“我还小，还没有智慧。”伊瓦什科回答，“请你教教我如何坐到铁锹上。”

阿伦卡说：“行吧，磨刀不误砍柴工。”

但是当她一坐上铁锹，伊瓦什科就立刻把她扔进了烧热的炉子里，砰的一声把炉子的铁门关紧，然后跑出小屋并锁上了门，赶紧爬上了附近一棵高耸入云的橡树。

不一会儿，女巫带着她的客人来了，敲了敲小屋的门。但没人应门。

“啊！该死的阿伦卡！”她嚷嚷道，“她肯定偷偷去某个地方玩了。”她只好从窗户爬进屋里，打开门，领她的客人进来。他们都坐下来准备吃饭，女巫从炉子里拿出烤熟的阿伦卡，端上来。他们吃饱喝足后，在院子的草地上打滚。

“我滚过来，我滚过去，我吃了伊瓦什科的肉！”女巫唱了两遍。

这时，伊瓦什科从橡树顶上向她喊道：

“滚过来，滚过去，你吃了阿伦卡的肉！”

“我好像听到什么了？”女巫说，“不，应该是幻听，那只是树叶的声音。”

女巫又唱道：

“我滚过来，我滚过去，我吃了伊瓦什科的肉！”

伊瓦什科也重复地唱着：

“滚过来，滚过去，你吃了阿伦卡的肉！”

女巫抬起头，看到了伊瓦什科，她怒气冲冲地奔向伊瓦什科爬上的那棵橡树，开始啃咬树干。最后，她啃得两颗门牙都碎了。她跑到铁匠铺，喊道：“铁匠！快给我做两颗铁门牙。如果你不帮我，我就吃了你！”

铁匠被迫帮女巫打造了两颗铁牙。

女巫回来了，又开始啃橡树了。她一遍又一遍地啃着，就要把它啃断了，这时伊瓦什科从这棵树跳到了另一棵树上。女巫啃过的橡树倒在了地上。她看到伊瓦什科正坐在另一棵树上，气得牙痒痒，然后又继续啃另一棵树。她啃啊，啃啊，啃啊——啃断了两颗下牙，她又飞奔到铁匠铺，喊道：“铁匠！快给我做两颗铁牙。如果你不帮我，我就吃了你！”

铁匠又为她铸造了两颗铁牙，她回去又开始啃起了橡树。

伊瓦什科不知道现在该如何是好。他望向天空，看到一群天鹅飞过，于是他恳切地对它们喊道：

“亲爱的天鹅们，
请让我坐上你们的羽翼，
带我去见我的父亲和母亲，
去我父母的小屋，
在那里吃喝，舒适地生活。”

“让后面那群天鹅带你！”其中一只天鹅说。

伊瓦什科等了好一会儿，又一群天鹅飞过，他再次哀求道：

“亲爱的天鹅们，
请让我坐上你们的羽翼，
带我去见我的父亲和母亲，
去我父母的小屋，
在那里吃喝，舒适地生活。”

“让后面那群天鹅带你！”天鹅说。

伊瓦什科再次等待着。又一群天鹅飞了过来，他喊道：

“亲爱的天鹅们，
请让我坐上你们的羽翼，
带我去见我的父亲和母亲，
去我父母的小屋，
在那里吃喝，舒适地生活。”

好心的天鹅把伊瓦什科捎上，带他飞到他的小屋，并把他放在楼上的房间里。

第二天一大早，伊瓦什科的母亲开始烤薄饼，烤好后，突然想起了她的儿子。“我的伊瓦什科啊，现在他在哪儿呢？”她哭了，“但愿上帝允许我再见到他，哪怕只是在梦里！”

他的父亲说：“我昨晚梦见天鹅把我们的伊瓦什科带回家了。”

她烤完薄烤饼，说：“现在，老头儿，让我们分饼吃吧，这块是给你的！这块是我的！”

“没有我的份吗?”伊瓦什科在楼上喊道。

“老头儿，这块是给你的，这块是我的。”老妇人接着说。

“没有我的份吗?”伊瓦什科重复了一遍。

“老头儿，”老妇人说，“去看看楼上发生了什么。”

老头儿走进楼上的房间，看到了伊瓦什科。老头儿欣喜若狂，问儿子发生了什么，儿子一一回答。从那以后，一家人幸福地生活在了一起。

女巫妹妹与太阳的姐姐

在遥远的从前，有一位国王和一位王后，他们有一个独子，名叫伊万，他天生是个哑巴。在他十二岁那年，他去马厩找一个马夫——他的一个好朋友。马夫总喜欢给王子讲故事，这次伊万王子又去找他，听他讲故事。

“伊万王子啊，”马夫说，“你的母亲不久将生下一个女儿，你将会有一个妹妹。但她会是个邪恶的女巫，她将吃掉你的父亲和母亲，还有王国的所有臣民。你如果想阻止这场悲剧的发生，就让你父亲赐你一匹快马，逃离这个王宫！”

伊万王子赶来见父亲，有生以来第一次开口说了话。国王见王子竟能开口说话了，喜不自胜，却忘了问王子为什么要一匹快马。国王立刻让下人为伊万挑选了一匹最好的快马，伊万王子骑上马就逃之夭夭了。伊万王子骑马走了很久很久，最后，他来到了两个女裁缝的家。伊万王子恳求她俩收留他。女裁缝说：“我们很乐意收留你，伊万王子，但我们命不久矣。等我们用光了这两箱子针和线，我们也就一命归西了！”

伊万王子听后放声大哭，只好继续往前行。伊万王子骑着马，来到拔树巨人维托德布家。伊万王子对维托德布说：

“请收留我吧！”

“我很乐意收留你，伊万王子，但我命不久矣！等到这些树被我连根拔光，我就一命呜呼了！”

伊万王子听后放声大哭，只好继续往前走。伊万王子骑着骑着，来到搬山巨人维托戈尔家。伊万王子恳求维托戈尔收留他，巨人回答说：“我很乐意收留你，伊万王子，但我命不久矣。你瞧，我是被派来搬山的，等我搬完最后这几座山，我就一命归西了！”

伊万王子听后放声大哭，只好继续往前走，伊万王子骑着马走了很久很久，最后来到了太阳的姐姐的住处。太阳的姐姐收留了他，并把他当作亲生儿子一样抚养。

现在，伊万王子过着安逸的日子，但时间一长，他就变得郁郁寡欢，他很想知道家里的消息。他经常去登山，从高高的山顶可以望见自己的宫殿。有一回，伊万王子看见宫殿里所有的人都被他的女巫妹妹吃光了，只剩光秃秃的城墙屹立着。从此以后，伊万王子终日以泪洗面。有一回，伊万王子又去登山远望，看到宫殿触景生情，他哭着回去了。太阳的姐姐见了，就问："伊万王子，你最近怎么总是怏怏不乐，整天以泪洗面？"

伊万王子说："风吹着了眼睛。"

然而，之后伊万王子再去登山，回来后又是眼睛红红的，太阳的姐姐就命令风停止吹。

第三次伊万王子回到家，又是泪如雨下。伊万王子只好和太阳的姐姐坦白，并求太阳的姐姐让他回宫殿看看。太阳的姐姐开始不答应，但经不起伊万王子的苦苦哀求，最后还是答应让他回去了。临走时，太阳的姐姐给了伊万王子一个刷子、一把梳子和两个能使人返老还童的苹果：无论多老的人，只要吃了苹果，瞬间就会变得年轻起来。

伊万王子来到维托戈尔家，发现这儿只剩下一座山了。于是他取出刷子，扔在开阔的平原上，突然，从地底下隆起无数座高耸入云的山！维托戈尔高兴极了，又开始搬起山来。

过了几天，伊万王子来到了维托德布家，发现这儿只剩下最后三棵树了。于是他取出梳子，扔在地上，只听见一阵树木沙沙作响的声音，原来是一片片茂密的橡树林突然从地底下冒了出来！那些橡树一棵比一棵更粗壮。维托德布兴高采烈，对伊万王子千恩万谢，便开始拔起了树。

不久，伊万王子来到两个女裁缝的家，给了她俩每人一个苹果。她俩吃了苹果，突然都变年轻了。她们送给王子一块手帕：只要一挥这块手帕，身后就会出现一片湖泊！伊万王子回到了他的宫殿，女巫妹妹见到他，就假惺惺地说：

“哥哥，请坐下，请你弹一会儿古斯里琴吧，我这就给你准备晚餐去。”

伊万王子坐下弹起了古斯里琴。

一只老鼠从洞里钻了出来，对王子说：“王子，你快逃命吧！你的女巫妹妹去磨她的牙齿了！”

伊万王子连忙逃出宫殿，跳上他的马，疾驰而去。而老鼠在琴弦上来回跑，古斯里琴仍在鸣奏，女巫妹妹丝毫没察觉他的哥哥已经跑了。女巫妹妹磨尖了牙，冲进屋内一看，空无一人，只见一只老鼠逃进了洞里。女巫气急败坏，咬牙切齿地去追赶王子。

伊万王子听见后面有动静，回头一看，是女巫妹妹追来了，于是他挥起了手帕，身后出现了一个深深的湖泊。等女巫游过湖时，伊万王子早已跑远了。女巫加紧追赶，眼看就要追上王子了。维托德布看到了，于是把拔出来的橡树都扔到了路上，女巫妹妹无路可走，只得把横在路上的橡树一棵一棵地啃掉，等她啃完，伊万王子早已跑远了。

女巫妹妹紧追不舍，眼看又要追上王子了，维托戈尔看见了，于是把最高的一座山搬起来，扔到了路上，而且在这座山上压上了另一座山。等女巫妹妹精疲力竭地翻过大山时，伊万王子早已跑得无影无踪了。女巫妹妹继续拼命地追赶，终于，她的哥哥已经近在咫尺了，女巫妹妹说："这回看你往哪儿跑！"

这时伊万王子已经跑到了太阳的姐姐的家门口。伊万王子大声喊：

"太阳的姐姐！太阳的姐姐！快开窗！快开窗！"

太阳的姐姐闻声打开了窗子，伊万王子骑着马跳了进去。

女巫妹妹让太阳的姐姐交出伊万王子，太阳的姐姐当然不答应。

于是，女巫妹妹说：

"那就让伊万王子和我比一比，看看谁重！如果是我重，那我就要吃掉他；如果是他重，那就让他杀死我吧！"

女巫妹妹和伊万王子一起走到天平上。伊万王子先坐上了天平的这一端，女巫妹妹再爬上天平的另一端。当女巫妹妹的一只脚刚踏上去，伊万王子就被弹到了空中，弹回了太阳的姐姐的家里，女巫妹妹却一屁股坐在了地上。

第三章

神话传说

其他化身

独眼莉霍

从前有一个铁匠，他说："我从没见过人们为女妖莉霍所伤。人们说世界上存在着女妖莉霍，那我就要把她找出来。"说完他去喝了一杯好酒，然后上路寻找女妖莉霍。在路上，他遇到了一个裁缝。

"你好！"裁缝说。

"你好！"

"你要上哪儿去呀？"裁缝问道。

"兄弟，每个人都说世上有女妖。但是我从来没见过，所以我想去找找。"

"我们一起去吧。我也是一个壮汉，从没见过妖怪！"

于是他们结伴而行。他们走啊走，一直走到一片黑暗茂密的森林。在那里他们找到了一条小路，他们沿着这条小路走，最后看到前面有一间小屋。现在夜已深，他们无处可去。

"看那里，"他俩说，"我们去那间小屋里看看。"他们进了屋，里面没有人。这个房子空荡荡的，肮脏不堪。他们坐下来休息了一会儿。忽然，进来了一个瘦削的高个子驼背独眼女人。

“啊!”她说，“家里来了客人。你们好呀!”

“您好，老奶奶。我们想借宿一宿。”

“非常好，我的晚餐有着落了。”

他俩胆战心惊。独眼女人则去屋子外取了一大堆木柴。她把木柴抱了进来，扔进炉子里，点起了火。然后她走到他俩面前，突然抓住了裁缝，割断了他的喉咙，把他捆好扔进了烤箱。

铁匠呆坐在那里，思考着：“该怎么办?我要怎么逃走?”女巫吃完晚饭后，铁匠看着炉子说：

“老奶奶，我是个铁匠。”

“你能打造什么东西?”

“什么都可以。”

“那给我造一只眼睛吧。”

“没问题。”他说，“你有绳子吗？我得把你捆起来，不然你会动来动去。我得把做好的眼睛敲进你的眼窝里去。”

女巫拿来一粗一细两条绳子。他用细的那条捆住了女巫。

“老奶奶，”他说，“请您转个身。”

她转了个身，细绳子就被弄断了。

“不行，老奶奶，那根绳子不合适。”

他拿起粗的那条绳子，把她绑得牢牢的。

“老奶奶，您再转个身。”他说。她转身扭了扭，绳子没有断。于是他拿起一把锥子，把它烧得通红，然后把锥子对准她那只没瞎的眼睛。与此同时，他拿起一把斧头，用斧子背使劲地敲着锥子。女巫的另一只眼也瞎了，她拼命挣扎，弄断了绳子。然后她走到门口坐下。

“混蛋！”她嚷嚷道，“你如此折磨我，必死无疑！”

铁匠意识到自己又陷入危险境地，他惶恐不安地想该怎么办。

过了一会儿，羊群从外面回来了，女巫把它们赶进小屋里过夜，铁匠也在那里过夜。早上女巫起床后把羊群赶出去，铁匠便把他的羊皮袄翻过来，这样里面的羊毛就在外面了，然后把袖子套在胳膊上，用衣服包住整个身子，假装成一只羊，向独眼莉霍走去。独眼莉霍让羊一只一只地走出去，并抓着每只羊背上的毛检查，发现没问题后才把它们推出去。铁匠像其他羊一样爬了出去。她抓住他背上的羊毛，把他推出去。她刚把他推出去，他就站起来大喊：

“再见，女妖莉霍！我在你手上受了很多苦。现在你再也管不着我了！”

“你等着，后面还有你受的，你无法逃出我的手掌心！”莉霍咬牙切齿地说。

铁匠沿着羊肠小径穿过森林往回走。不一会儿，他看见一把金柄斧头插在一棵树上，他很想拿走它。他抓住了那把斧头，但是他的一只手紧紧地粘在了上面。该怎么办？他怎么也摆脱不掉斧头。他朝身后看了一眼，莉霍在他后面大喊：

“混蛋！我说过，你逃不出我的手掌心！”

铁匠拿出口袋里的一把小刀，砍掉了自己的手——然后才逃跑了。他一回到他的村庄，就开始向村民展示他的断臂，以证明他真的见到了莉霍。

“瞧，”他说，“事情就是这样的。我的手没了。至于我那个同行的伙伴，莉霍已经把他吃得连骨头都不剩了。”

灾祸精

有个村庄住着两个农夫，他俩是亲兄弟，一个富得流油，一个一贫如洗。富有的哥哥后来搬去镇上，盖起了一幢大房子，在那儿经商。有一天，贫穷的弟弟家中断粮了，幼小的孩子们哭着要食物。他从早到晚奔波忙碌，但还是无济于事，于是他对妻子说：

"我去一趟镇上，请哥哥接济我们。"

他来到哥哥家，说："亲爱的大哥，请帮帮我吧！我家里揭不开锅了，老婆和孩子一直挨饿。"

"在我这儿干一周的活儿，我就帮助你。"哥哥说。

贫穷的弟弟只得留下干活。他每天打扫院子、饲养马匹、打水、砍柴。

过了一周，哥哥给了他一条面包，说："这是给你的报酬。"

"感谢哥哥！"弟弟鞠了一躬，准备回家。

哥哥喊住他："喂，等会儿！明儿把你的妻子也带过来，明天是我的命名日，我请客！"

"啊！哥哥，这不太好吧？你的客人都是穿锦衣绣袄

L.F Perkins

的商人，而我是个穿粗布短衣的乡下汉。”

“没关系，来吧！我会给你留位的！”

“好吧！哥哥。”

弟弟回到家，把面包给了妻子，说：

“亲爱的老婆，明天我们要到哥哥家去做客。”

“去做客？谁邀请我们去？”

“哥哥邀请我俩去庆祝他的命名日。”

“好呀，那我们去吧。”

第二天一早，他们起身去镇上，到了哥哥家，就向他祝贺，然后在角落的一条长凳上坐下。宾客盈门，哥哥热情地招待着，全然把弟弟和弟媳抛在脑后，忘了请他们就座。他们不得不坐在角落里看着别人大吃大喝。

酒宴结束，宾客们纷纷起身向男女主人道谢。这时弟弟也从长凳上站起，向哥哥深深地鞠躬道别。客人们一个个酩酊大醉，一路上欢歌笑语，乘着马车回家了。

弟弟和妻子饿着肚子走回家去。弟弟对妻子说：“老婆，我们也来唱歌吧！”

“你真是个傻瓜！人家唱歌是因为他们早已酒足饭饱，而你食不果腹，饥肠辘辘，哪里唱得出来呢？”

“如果参加了哥哥的命名日酒席，却不像别人一样唱歌回家，大家就会以为我没享受过宴席。”

“随你便吧！要唱你自个儿唱！”

弟弟唱起歌来。突然，他听见有别的声音在跟着他唱，于是停下问妻子：“你在跟着我哼唱吗?”

“你在想啥? 我才不会唱歌呢。”

“那是谁呀?”

“鬼才知道!”妻子说，“你再唱一下，我听听。”

他又开始唱起来。虽然只有一个人在唱歌，却有两个声音。他站住了，问道：“灾祸精，是你跟着我唱歌?”

“是的，主人！我在跟着你唱呢!”

“原来如此，灾祸精，那我们一起边唱边回家吧。”

“主人，从现在开始，我会和你形影不离的。”

穷弟弟回到家里，灾祸精让他上小酒馆去。

弟弟说：“我现在身无分文!”

“快去吧，乡下汉子！你现在身上还穿着羊皮袄，夏天快到了，可以不穿它了。到了小酒馆，就可以把羊皮袄脱下抵押，不花一分钱。”

弟弟和灾祸精进了酒馆，他脱下皮袄，换了酒喝。第二天，灾祸精起了床就抱怨自己醉酒后头痛，但他又叫主人陪他去酒馆再喝一杯。主人说：“我不去，我穷得叮当响!”

“哪里需要什么钱！我们把雪橇拖去抵押，够换一些酒喝了!”

主人拿灾祸精没法子，只好依着他，拖着雪橇来到酒馆，拿它换了酒喝。早上，灾祸精又抱怨宿醉的头痛，但还叫主人去喝酒，这回主人又拿铁耙和铁犁去酒馆抵押，给灾祸精换酒喝。

不到一个月，他就把家里所有的东西都典卖光了，就连自己的小木屋也抵押给了邻居。灾祸精还是缠着他的主人："我们上酒馆去!"

"不行，灾祸精！这次由不得你任性了，我已经一无所有了。"

"不是吧？你的妻子不是还有两件衬衫吗？一件留给她穿，另一件我们拿去换酒喝。"

贫穷的弟弟用妻子的衬衫换了酒喝。他自言自语："我从来没有像现在这样穷困潦倒过。"

第二天早上，灾祸精醒来，看见他的主人确实家徒四壁了，于是说："主人，请你向邻居去借一辆牛车和两头牛来。"

弟弟来到邻居家，恳求道："请你行行好，我想向你借一辆牛车和两头牛，我给你干一周的活作为酬谢。"

"你借去是想做什么?"

"到林子里找柴火。"

"行，你借去吧！记得别装得太重了。"

"好人一生有好报！请放心!"

他牵来了两头拖着牛车的牛，灾祸精和他一起坐上牛车，驶向林子。灾祸精问道："主人，你知不知道在这片田野里有块大石头?"

"我当然知道。"

“我们就到那儿去吧！”

牛车在那块大石头旁停下。他们下了车，灾祸精叫主人搬开石头。石头一抬起，下面就露出了一个装满金子的深坑。

“嘿！愣着干什么？”灾祸精说，“快把金币搬上车！”

弟弟不断地从坑里搬出金币，很快就装满了一车。他把坑里的金币都拿光后，对灾祸精说：“瞧，那儿可能还剩下一些金币！”

灾祸精弯腰往坑里瞧了瞧，说：“哪里呀？我什么也没有看到？”

“就在那儿呀！金光闪闪的！”

“我什么也没看到。”

“跳进坑里就看得到了。”

灾祸精刚跳进坑里，弟弟就搬起大石头堵住了坑口。

“这下可好了！如果再留下这个倒霉的灾祸精，这些金币迟早会被他败光的。”

弟弟驾车回家，把金币搬进地窖，归还了牛车和牛，接着购置了房子和地，过上了比哥哥阔绰得多的生活。

不久后，他来到镇上，邀请他的哥哥和嫂子来参加他的命名日酒宴。

哥哥对弟弟说：“你真是异想天开！你穷困潦倒，怎么可能请得起客人来庆祝你的命名日呀？”

“我以前确实很窘迫，感谢上帝，而今我也算腰缠万贯了。你来了就会明白的。”

“好吧，我会来的！”

第二天，哥哥和嫂子来参加弟弟的命名日酒宴。见到曾经贫穷的弟弟住在美轮美奂的新房子里，宴席上摆满美酒佳肴，哥哥忍不住问道：“弟弟，请告诉我，你是怎么暴富的？”

弟弟把怎么遇见灾祸精，灾祸精怎么让他陷入窘境，灾祸精怎么带他去找到财宝，然后他又是怎么甩掉灾害精并把金币运回家的事原原本本地告诉了哥哥。

哥哥妒火中烧，心想：“我去搬开那块大石头，放出灾祸精，让他去找弟弟报仇，弟弟今后就不敢在我的面前吹嘘自己的财产了。”

于是他让自己的妻子先回家，自己赶到那片田野里，找到了那块大石头。他把大石头搬开，正想看看坑里有什么东西时，灾祸精就跳了出来，骑到他的肩膀上，喊道：

“你想把我饿死在这里！不可能！现在我无论如何都会跟着你！”

“听我说，灾祸精！你认错人了，不是我把你关在坑里的！”

“如果不是你，那还能是谁？”

“是我的弟弟！我是特地来放你出去的！”

“你别想再骗我！你欺骗过我一次，我再也不上你的当了!”

灾祸精紧紧地夹住哥哥的脖子，要他带自己回家。从此，哥哥开始惹祸上身了。灾祸精天天让哥哥带他去酒馆喝酒，哥哥的钱财也开始流进酒馆。哥哥心想：“灾祸精要害我倾家荡产了！得赶紧摆脱这个家伙，但我该如何是好呢?”

他左思右想，终于想到了一个主意。他把一个新的马车轮子拖到宽敞的院子里，又削了两根橡木楔子，把一根木楔牢牢地插进车轮轴箱的一端，然后走到灾祸精的跟前，说：

“灾祸精，你怎么老是懒洋洋地躺在这儿?”

“我没事干呗!”

“那我们到院子里去玩捉迷藏吧。”

灾祸精欢欣地答应了。他俩走进院子，哥哥先躲了起来，灾祸精一下子就找到了他。接着轮到灾祸精了。

“哼，只要我钻进缝隙里去，你就找不到我了。”

“你哪能钻得进缝隙里?”哥哥说，“就连车轮上的轴箱你也钻不进，更别说别的缝隙了!”

“我钻不进这车轮轴箱？我钻给你看!”

灾祸精说着就往轴箱里钻，哥哥立刻拿起另一根木楔，紧紧地堵住轴箱的另一端，然后拎着车轮，将其连同灾祸精一道投入河中。灾祸精沉入了河底，从此，哥哥的生活恢复如常。

星期五圣母

从前有一个女人对星期五圣母不够尊敬，她在星期五纺织了一整卷亚麻。她一直工作到吃晚饭的时候，突然睡意降临，就上床睡觉了。当她熟睡时，门突然开了，身着白裙的星期五圣母气急败坏地闯了进来。她径直走向那个纺纱的女人，并从地板上抓起一把从亚麻上掉下来的灰尘，把纺纱女人的眼睛塞得满满当当，然后怒气冲冲、一言不发地消失了。

这个女人醒来后开始号啕大哭，她不知道自己的眼睛为什么瞎了。其他被吓坏了的女人开始大叫：

“你这个坏蛋，真是活该！就该让星期五圣母来惩罚你的恶行。”

女人知道真相后，开始恳求星期五圣母：

“星期五圣母，原谅我！我有罪！我会给您点一根细蜡烛的，我绝不让任何人羞辱你，行行好吧，好圣母！”

晚上，星期五圣母回来了，把那个女人眼睛里的灰尘拿走了，这样她就可以重见光明了。不尊重星期五圣母是一大罪过——所以千万别在星期五梳理和纺亚麻！

星期三圣母

一天星期二的晚上，一位年轻的家庭主妇纺纱纺到了很晚。她独自一人待了很长时间，午夜过后还在干活，当响起第一声鸡鸣时，她想要上床睡觉了，但是手中的活还没干完。她想："我早上早点起来赶工，但是现在我困了，只想睡觉。"于是她放下了麻梳，但没有在胸前画十字祷告，她说：

"那么，星期三圣母，请您帮助我吧，这样我可以一人早就起床，完成我的工作了。"然后她睡着了。

一大早，天还没亮，她就听到有人在房间里走来走去。她睁开眼睛看了看，房间被照亮了，一块冷杉的碎片在油灯中燃烧，炉子里的火也被点燃了。一个年纪看上去有点大的女人，戴着白色的头巾，在小屋里走来走去，她给炉子添柴火，把一切准备停当。不一会儿，那女人走到年轻女人面前，叫醒了她，说："起来吧！"年轻女人站了起来，充满了好奇，问道：

"你是谁？你来这里干什么？"

“我就是你召唤的人。我是来帮助你的。”

“你是谁？我不记得自己召唤了谁。”

“我是星期三，你一定召唤过我。看，我已经帮你织了亚麻布，现在我们可以把它漂白。炉子烧热了，熨斗也准备好了。你可以去小溪边打水吗？”

女人害怕了，心想：“这怎么可能？”但是星期三愤怒地瞪着她。

于是年轻女人拿了两个桶去打水。她一出门就想：“会不会有可怕的事情降临到我头上？我还是别去打水了，先去邻居家避避难。”天还没亮，村子里的人都还在睡觉。她来到一个邻居家，敲了敲窗户。一位老妇人听到声音，就让她进来。

老妇人问：“孩子，你怎么起这么早？发生了什么？”

“老奶奶，星期三圣母来我家，让我去打水漂白我的亚麻布。”

“听起来不太妙，”老妇人说，“她要么会用亚麻布勒死你，要么会烫死你。”

这位老妇人显然很了解星期三圣母的品性。

“我该怎么办？”女人说，“我怎样才能逃脱她的手掌心呢？”

“你必须在房子前敲打你的水桶，喊‘星期三的孩子们在海上被烧死了！’她就会跑出房子，你要抓住机会，在她回屋之前跑进去把门关上，在门上画个十字。不管她如何威胁或者恳求，都别开门。你要做的，就是用粉笔画十字，然后祈祷：‘不洁的灵魂必须消失！’”

于是女人跑回家，敲打着水桶，在窗户下面喊着：

“星期三的孩子们在海上被烧死了！”

星期三冲出房子查看，女人急忙逃进房子里，关上门，在门上画了个十字。星期三跑回来，开始哭喊：“让我进去，亲爱的！我帮你织了亚麻布，现在我得漂白它。”但是那个女人没有听她的话，星期三继续敲门，直到雄鸡报晓，她才尖叫一声消失了，但亚麻布仍留在原处。

森林之妖莱西

从前，一个神父的女儿未经父母的同意，就独自到森林里散步——后来她在森林中失踪了，三年来一直杳无音讯。如今，在她父母居住的村子里，住着一个勇敢的猎人，他每天带着一条狗，背着一把枪在茂密的森林中漫步。一天，他正在穿越森林，突然，他的狗开始狂吠，背上的毛也竖起来了。猎人看了看，发现在他面前的森林小径横着一根木头，木头上坐着一个编鞋的农民，他编鞋的时候一直望着月亮，做出威胁的手势，说："照耀吧，照耀吧，明亮的月亮!"

猎人大吃一惊，暗自思忖："为什么这个农夫看起来这么奇怪?他还年轻，头发却像獾毛一样灰白。"

他只是在心里暗想，但对方好像猜到了他的意思，答道："我有灰白的头发，因为我是魔鬼的祖父!"

于是猎人心想他肯定不是农夫，而是森林之妖莱西。他举枪瞄准，砰的一声，子弹正好射进妖怪莱西的肚子。莱西呻吟着，差点从木头上摔下来，但他挣扎着拖着自己受伤的身体爬进了灌木丛。于是猎人让狗去追莱西，自己则在后面追。他走啊走，来到一座小山前，那座小山脚下有个小山沟，小山沟里有一间小屋。他走进小屋，发现在一条长凳上躺着莱西僵硬的尸体，旁边坐着一个少女，痛哭流涕地喊道："以后谁能给我吃的和喝的呢？"

"美丽的姑娘！告诉我你从哪里来，是谁的女儿？"猎人问道。

"啊，好青年！我自己也不知道，就像我不知道自由是什么滋味一样——我不知道谁是我的父亲和母亲。"

"好吧，那你收拾一下。我会带你回神圣的俄罗斯。"

于是他带她离开了森林。一路上，他都在树上留下了痕迹。原来女孩是那个神父的女儿，她当初被莱西拐走了，然后被他囚禁了三年，她的衣服破破烂烂的，也有可能是被扯破的，所以她几乎一丝不挂，但是她一点也不觉得羞耻。他们到达村庄后，猎人问村民是否有谁的女儿被拐走了。神父走上前来，喊道："那是我的女儿。"神父的妻子也跑了过来，说："哦，亲爱的孩子！这么久了，你去了哪里？我以为再也见不到你了！"

但女孩凝视着他们，只是偶尔眨巴一下眼睛，不明白发生了什么。然而，过了一段时间，她开始慢慢恢复记忆。神父和妻子把她嫁给了猎人，并送了猎人很多东西作为回报。后来他们去寻找她和莱西在一起时住过的小屋。他们在森林里绕了很久，却怎么都找不到那个小屋了。

第聂伯河、伏尔加河和德维纳河的蜕变

第聂伯河、伏尔加河和德维纳河曾经是活生生的人。第聂伯河是个男孩，伏尔加河和德维纳河是他的妹妹。他们年幼时父母双亡，由于没有面包吃，他们平常不得不靠干重活谋生。

孩子们长大后，仍然过得很苦。他们每天从早到晚辛苦劳作，但所得只够维持一天的生活。至于他们的衣服，那是上帝送给他们的：他们有时在垃圾堆里发现破布，就用这些破布遮住自己的身体。可怜的兄妹们不得不忍受寒冷和饥饿。

一天，在野外辛苦劳作后，他们坐在灌木丛下吃最后一点面包。吃完之后，他们悲伤地流下泪，他们商量着怎样才可以有饭吃，有衣穿，不用辛苦地给别人干活。后来他们决定开始在广阔的世界里游荡，寻找好运和友善的接待，并寻找最合适的地方，打算在那里变成宽阔的大河——在当时，人是可以变成河流的。

他们走啊走啊，走了三年，最后选定了心仪的地方，并商定了各自变河的地点。然后，他们三个都停下来在沼泽地里过夜，但是妹妹们比哥哥更狡猾，第聂伯河一睡着，她们就悄悄地爬了起来，挑选了地势更好的地方，变成大河，开始向前流。

第聂伯河早上醒来，发现两个妹妹不见踪影了，他非常愤怒，并匆忙追赶她们。但是在追赶的路上，他觉得没有人能跑得比一条河还快，于是他投向地面，变成一条小溪向前奔流而去。他冲过沟壑，越冲越远，波涛汹涌。但是当他来到离海岸不到几米的地方时，他的愤怒平息了，他汇入了大海。他的两个妹妹一直在躲避他，她们兵分两路，逃到了海底。当第聂伯河怒气冲冲地往前冲时，他经过了无数陡峭的河岸，因此，他跑得比伏尔加河和德维纳河更快，也因此，第聂伯河有很多急流和很多河口。

索日河和第聂伯河

从前有一个老盲人，名叫德维纳河。他有两个儿子——大儿子叫索日河，小儿子叫第聂伯河。索日河很躁动，时常在森林、山丘和平原上四处游荡；而第聂伯河特别温顺，他整天待在家里，是母亲最喜欢的孩子。有一次，当索日河又出去玩的时候，母亲骗父亲把给长子的祝福赐给了次子。德维纳河对第聂伯河说：

“我的孩子，去汇入一条又宽又深的河吧，流过城镇和无数的村庄，直到汇入蓝色的大海。你的兄弟将成为你的仆人。你将永远宽广和富足！”

第聂伯河汇入一条河，流经肥沃的草地和梦幻般的树林。三天后，索日河回到家，知道第聂伯河出门的事，开始跟父母抱怨。

“如果你想超越你的弟弟，”他的父亲说，“那就在黑暗的未开垦的森林中，隐蔽地急速向前。如果你能赶上你的弟弟，他就会成为你的仆人。”

于是索日河匆忙追赶，穿过未开垦的土地，势头凶猛地冲开沼泽，挖开沟壑，橡树被它冲得连根拔起。秃鹫把这件事告诉了第聂伯河，第聂伯河加快了速度，在高高的山丘间奔流。与此同时，索日河让乌鸦追赶第聂伯河，请它一追上第聂伯河，就呱呱叫三声；索日河自己则要在地下穿行，等到乌鸦叫的时候就冲出地面，这样就能比他弟弟先到达。但是秃鹫落在了乌鸦身上，乌鸦还没赶上第聂伯河，就开始呱呱叫了。索日河从地下冲了上来，正好投进了第聂伯河的波涛里。

伏尔加河和瓦祖扎河

伏尔加河和瓦祖扎河争论她俩谁更聪明、更强大、更值得尊敬。她们争论了许久，但谁也没能在争论中占上风，所以她们打算一决高下。

“让我们一起躺下睡觉吧，我们之中谁先起来，并最快到达里海，谁就是我们之中更聪明、更强壮、更值得尊敬的那个。”

于是伏尔加河和瓦祖扎河一起躺下睡觉了。但在夜里，瓦祖扎河悄悄地爬了起来，选择了最近、最直的一条路线，向里海冲去。伏尔加河醒来后，她不慌不忙地出发了，但是速度刚刚好。在祖布托夫，她追上了瓦祖扎河。伏尔加河水势汹涌，瓦祖扎河感到害怕，说以后愿意做伏尔加河的妹妹，并恳求伏尔加河把她抱在怀里，带她一块去里海。所以直到今天，瓦祖扎河都是春天第一条解冻的河，她醒来后会把伏尔加河从冬眠中唤醒。

严冬老人

从前有位老头，他有一个妻子和三个女儿。妻子不喜欢大女儿，因为大女儿是继女，所以总是责骂她。她每天让继女早早起来干家里的脏活重活。天亮前，女孩要喂牛吃草，让它们喝水，把木柴和水挑回家里，然后点燃炉火、拖地、缝补衣服，整理好一切。尽管如此，妻子从不满足，只会对继女玛法发牢骚：

“真是个懒骨头！这把刷子没有放回原来的地方，这些东西也放错地方了，她居然还把牛粪留在了房子里！”

女孩默不作声，悄悄落泪，她想尽了一切办法讨好继母，为妹妹们做家务。但是，妹妹们和继母一样，总是辱骂玛法，玛法委屈极了，总是哭泣，而看玛法哭泣对她们来说甚至是一种乐趣！而她们自己总是很晚才起床洗漱，用干净的毛巾擦脸，直到晚饭后才开始干活。

女孩们越长越大，到了该嫁人的年纪。老头为他的大女儿感到难过。因为他很爱她——她任劳任怨，总是按照老婆子的要求做家务，从不争执。但是他不知道怎么帮助大女儿。他很软弱，老太婆总是骂他。她的两个女儿都执拗而懒惰。

老头和老太婆最近都在考虑问题——老头在考虑怎么给女儿们找个好婆家，而老太婆在想怎么把继女赶出家门。一天，她对他说：

“老头，要不把玛法嫁出去吧！”

“我很乐意看到玛法出嫁。”他说着，溜到炉子上方(睡觉的地方)。但他的妻子在他身后喊道：

“老头，明天早点起床，把母马套在雪橇上。玛法，明天早起，把你的东西放在一个篮子里，换上干净的衣服。玛法，你明天要跟你爸出门做客。”

可怜的玛法听到被邀请去做客这个好消息很高兴，她这天晚上睡得很香。第二天一早，她起床后洗了个澡，向上帝祈祷，收拾好所有的东西后，穿上自己最漂亮的衣服，看起来像个要出嫁的小姑娘。

现在是冬天，门外的寒霜踏上去咯咯作响。一大早，天已破晓，但太阳还没有升起来，老头把母马套在雪橇上，把它带到台阶上。然后他走进屋里，坐在窗台上，说：

“我已经把一切都准备好了。”

“过来吃饭！”老太婆回答道。

老头坐到桌前，让玛法坐在他旁边。桌子上放着一个盘子，老头开始切一块面包。此时，老太婆端上一碗老卷心菜做的汤，说道：

“喂，我的鸽子，吃完了就走吧，我已经看厌你了！老头，赶着雪橇送玛法去见她的新郎！看这儿，首先沿着这条路直走，然后向右拐，你知道的，进入树林后，一直到山上的大松树旁，把玛法交给严冬老人。”

老头放下面包，目瞪口呆，玛法开始哀叹。

“干什么拉下脸大呼小叫?”她的继母说，“你的新郎是个美男子，他很富有！你要看看他拥有多少东西——冷杉树、松树和桦树，它们都穿着羽绒的长袍，谁不羡慕呢? 他可是个英雄!”

老头默默地把东西放在雪橇上，让女儿穿上一件暖和的衣服，然后带着她出发了。过了一会儿，穿过了冰冻的雪地，他们来到森林深处，停了下来，他让女儿从雪橇上下来，把她的篮子放在一棵高高的松树下，说：

“玛法，坐在这里等待新郎吧。记住，见到新郎的时候要热烈地欢迎他。”

说完，老头调转马头，向家驶去。

玛法孤零零地坐着，冻得瑟瑟发抖。她很想号啕大哭，但她已经没有力气了。突然她听到不远处严冬老人从一棵枞树跳到另一棵枞树上，发出哔哔剥剥的声音。不一会儿，他来到玛法旁边的那棵树，低头问道：

“你冷吗，小姑娘?”

“我很温暖，亲爱的严冬老人。”她回答道。

严冬老人冻住这棵树，他又问少女：

“你冷吗，小姑娘？”

玛法快被冻僵了，但她仍然回答道：

“我很温暖，亲爱的严冬老人，一点儿也不冷！”

严冬老人打起响指，发出响亮的嘎吱声，他又问少女：

“你冷吗，美丽的姑娘？”

女孩此时已经冻僵了，别人已经听不到她虚弱的回答：“我很暖和，亲爱的严冬老人！”

接着，严冬老人怜悯这个女孩，把她裹在皮袍子里，让她取暖。

第二天早上，老太婆对她的丈夫说：

“老头子，赶雪橇去把你的女儿运回来埋了吧！”

老头赶着雪橇来到树林里，发现玛法还活着，穿着一件漂亮的礼服，蒙着一条昂贵的面纱，身边还有一个装有昂贵礼物的篮子。他一言不发，把所有东西都装在雪橇上，把女儿也抱上了雪橇，赶回家去。回到家后，老太婆看到女孩活着，还穿得漂漂亮亮，大吃一惊。

“你这个坏蛋！”她怒吼，“你骗不了我！”

过了一会儿，老太婆对老头说：

“也带我的女儿们去见玛法的新郎。他送给我的女儿们的衣服必须比玛法的要更华丽！”

第二天一大早，老太婆给她的女儿们准备了早餐，

L F Perkins

把她们打扮成新娘的样子，然后派老头送她们上路。老头把女儿们留在老地方。

两个女儿坐在雪堆上，不停地说笑："不知道妈妈怎么想的！突然想把我们俩都嫁出去！我们村里又不是没有年轻的小伙子！天知道会不会来一个脾气暴躁的家伙！"

女儿们虽然裹在皮衣里，但还是感到寒冷无比。

"普拉斯科维娅！霜活剥了我的皮。如果我们的新郎不快点来，我们就会被冻死在这里！"

"不要胡说八道，玛什卡！新郎应该在明天早上来。现在还不到吃晚饭的时间！"

"普拉斯科维娅，万一只有一个新郎来，你觉得他会选我俩中的哪一个呢？"

"反正不会选你，你这么笨！"

"那他应该会选你吧？"

"当然是我！"

"你总是像对待傻瓜一样对待别人！"

此时，严冬老人快把女孩们的手冻僵了，女孩们把手放在裙子下面，继续争吵。

"什么，你这个胆小鬼！你这个瞌睡虫！你这个可恶的泼妇！你甚至不会纺织！"

"啊哈，吹牛大王！你会什么？除了出去狂欢和吃，什么都不会！等着瞧！我们很快就会知道新郎会选谁！"

女孩们继续这样争吵的时候，天气变得更冷了。她们两个立刻大叫起来：

“新郎为什么这么久都不来？我们都快被冻死了。”

突然，女孩们听到不远处传来一棵枞树正在结霜的声音。严冬老人从一棵枞树跳到另一棵枞树上，发出哔哔剥剥的声音。

“听！普拉斯科维娅！新郎终于要来了，他还带着铃铛来了！”

“我没那工夫听，我的皮肤冻得皲裂了。”

“但你仍然想嫁出去吧？”

严冬老人越来越近了。他停在她们旁边的一棵树上，低头对她们说：

“漂亮的姑娘们，你们冷吗？”

“严冬老人，太冷了！我们快被冻死了！我们在等新郎，但是那个该死的家伙不见了！”

严冬老人落得更低了：“漂亮的姑娘们，你们冷吗？”

“少烦我们！难道你是瞎子吗？没看到我们的手脚都冻僵了吗？”姑娘们把严冬老人臭骂了一通。

寒风刮得更凛冽了，严冬老人说：“漂亮的姑娘们，你们冷吗？”

“下地狱吧！该死的老东西！别在这儿碍眼！”

话音刚落，女孩们就尖叫起来，接着她们就被严冬老人冻死了。

第二天早上，老太婆对老头说：

“老头子，去抱一把干草到雪橇里，带些羊皮毯子。外面冰天雪地的，我的女儿们肯定冷得半死了！记住，老头子，要快点！”

老头还没来得及吃一口早餐，就上路了。他来到那棵松树下，发现女儿们已经冻死了。于是他把女儿们抱上雪橇，用毯子裹住她们，并盖上树皮垫，赶回家了。老太婆远远地看见了他，跑出去迎接他，大喊：

“我的女儿们呢？”

“在雪橇上！”

老太婆掀开垫子，解开毯子，发现两个女孩都冻死了。

老太婆开始暴跳如雷，对她的丈夫破口大骂：

“你做了什么，你这个老坏蛋？你害死了我的女儿们，我的亲骨肉啊！我美丽的浆果们！我要打死你！”

“够了，你这只老鹅！你以为你自己会发大财？你的女儿们太固执了，都是学你！这怎么能怪我？”

老太婆起初悲愤填膺，骂骂咧咧地说了些脏话，但是发现无济于事，只能和她的继女和好。最后他们一家幸福地生活在了一起。一个邻居向玛法求婚，玛法嫁出去了，过着幸福的生活。老头时常讲严冬老人的故事来吓唬他的外孙们，不让他们自己跑出去。

第四章
魔法与巫术

盲人与瘸子

从前，有一个国王和一个王后，他们聘请了导师卡托玛来照顾他们的儿子伊万王子。国王和王后活到了高龄，不过突然他们生病了，对康复不抱希望，于是他们派人叫来伊万王子，嘱咐他："我们死后，不管你做什么事情，都要尊重和服从卡托玛。如果你服从他，你就能享受幸福；否则，你就会像苍蝇一样灭亡。"

第二天，国王和王后死了。伊万王子安葬了他的父母，并按照他们的指示生活。无论他想要做什么，总是先询问他的导师。

过了一段时间，王子获得了国王的财产，开始考虑结婚。有一天他去找他的导师，说道："卡托玛，我受够了一个人的生活，我想结婚。"

"很好，王子！有什么能阻碍你呢？你也到了该考虑迎娶新娘的年纪了。到大厅去，那里有世界上所有公主的肖像。你看看那些肖像，为自己选择一个新娘。哪个公主令你满意，你就去向她求婚吧。"

伊万王子走进大厅，开始仔细查看那些画像。最让他心动的是美丽的安娜公主，她真是个美人，全世界也找不到第二个像她那样的美人了！她的画像下有这样一行字："如果有人让她猜一个谜语，她猜不出来，那么她就会嫁给他；但若是她猜到了谜底，她就会下令把他的头砍下来。"

伊万王子读完后，感到非常痛苦，就去找他的导师。

"我去过大厅了。"他说，"我希望安娜公主做我的新娘，只是我不知道有没有可能赢得她的芳心。"

"是的，王子，赢得她的芳心的确很难。如果你独自前去，无论如何也赢不了她。不过，如果你带我一起去，而且照我说的去做，你也许就能心想事成。"

伊万王子恳求卡托玛和他一起去，并以名誉担保，无论情况如何，他会一直服从卡托玛。

一切准备就绪，他们启程去向安娜公主求婚。他们走了一年、两年、三年，途经了许多国家。

伊万王子说："我们一直在赶路，叔叔，现在终于离安娜公主的国家越来越近了，可我仍然不知道该提出什么谜语。"

"我们必须迅速想出一个谜语。"卡托玛回复。他们继续向前走。卡托玛低头看向地面，地上有一个装满金钱的钱包。他立即捡起它，把里面所有的钱都拿出来，并装进他自己的钱包里，然后对王子说："我想到谜语了，伊万王子！当你走到公主的面前时，这样对她说：‘我们来这里的途中，看到地上有Good，我们用Good把Good捡起来，并放入我们自己的Good里[①]。’她一辈子都猜不出这个谜语的谜底，但如果你问其他任何谜语，她只需翻看魔法书，很快就能找出谜底。一旦她猜到了，就会下令砍掉你的头。”

终于，伊万王子和卡托玛到达了安娜公主所在的宏伟宫殿。那时，她刚好在阳台上，看到有新来的人，便询问他们从何处来、想要什么。

伊万王子回答道：“我来自一个遥远的王国，我希望安娜公主能嫁给我。”

安娜公主听闻，下令让王子进入宫殿，并让他当着所有王子和皇室贵族的面，提出谜语。

“我已经许下诺言，”她说，“任何人只要说出一个能难倒我的谜语，我便嫁给他。但是如果我猜出了谜底，那么他将被处死。”

“请听我的谜语，美丽的公主！”伊万王子把卡托玛教他的谜语说了一遍。

美丽的安娜公主拿起她的魔法书，开始寻找这个谜

---

① 英文Good作名词时，含有“商品，东西；好意”等多义。此处，第一、三、四个Good在原文中均指代钱包，而第二个Good在原文中与with连用，即“用好意，满怀好意”的意思，但这个短语也能解释为“用这个东西”。卡托玛利用歧义，让公主理解为“用这个东西”，而非“满怀好意”，从而使其猜不出谜底。——译者注

语的谜底。她把这本书从头到尾看了一遍，也没有找到谜底。于是，王子们和贵族们决定公主必须嫁给伊万王子。公主一点儿也不高兴，但也没有办法，所以不得不开始准备婚礼。与此同时，她心想怎样才能拖延时间，把新郎赶走。她认为最好的办法就是把大量繁重的任务交给新郎，让他知难而退。

她叫来伊万王子，对他说："我亲爱的伊万王子，命中注定的丈夫，我们应该为婚礼做些准备，请你帮我做一件小事。在王国的一处，矗立着一根高大的铁柱子。你把它运到宫廷的厨房里，切成小块给厨师当燃料。"

"对不起，公主，"王子答道，"难道我来这里是为了砍柴吗？这是我该做的事情吗？我的仆人卡托玛可以来完成这件事。"

王子立刻叫来卡托玛，命令他把铁柱子搬到厨房并切成小块，作为厨师的燃料。卡托玛到了公主指示的地方，把那根铁柱子抱在怀里，运至厨房，把它切成了小块。但是他拿出四个铁块，放进自己的口袋里，自言自语道："它们迟早会有用的！"

第二天，公主又对伊万王子说："我亲爱的王子，命中注定的丈夫，明天就要举行我们的婚礼了。我会坐在马车里，但你要骑上一匹烈性的战马，所以你有必要提前驯服它。"

"我怎么能亲自驯马！我可以安排仆人去做。"

伊万王子叫来卡托玛："你去养马场，让马夫挑一匹英勇的战马，然后你骑上它并驯服它。明天我将骑着它去参加婚礼。"

卡托玛识破了公主的计谋，但他没有久留。他立刻前去养马场，叫马夫们挑选出一匹最英勇的骏马。十二个马夫聚集在一起，打开了十二把锁，开启了十二扇门，牵出了一匹用十二条铁链捆着的魔马。卡托玛走到它跟前，刚设法坐上去，魔马就从地上一跃而起，蹦得比森林里的大树还高，只比盘踞空中的云层略低。卡托玛牢牢地坐在马背上，一只手抓着马的鬃毛，另一只手从口袋里掏出一个铁块，用铁块猛击它的额头，试图驯服它。当他用完一块时，他就拿出另一块。当两块用完后，他又用了第三块。当第三块也用完后，第四块派上用场。他狠狠地惩罚了这匹英勇的战马，它再也撑不住了，用人类的声音大叫道："卡托玛，不管你想要什么，尽情命令吧，一切都如你所愿！"

"听着！"卡托玛回复，"明天伊万王子将骑着你去婚礼现场。现在专心听我说！马夫会把你牵到院子里，当王子走到你面前并把手放在你身上时，你必须安静地站着，连一只耳朵也不能动。当他坐在你的背上时，你要牢牢地踩着地面，然后迈着沉重的步伐移动，就好像你的背上压着一个不可估量的重物似的。"

那匹英勇的战马听了命令，精疲力竭地下降到地

面。卡托玛抓住它的尾巴，把它扔到马厩附近，喊道：“喂！马夫们，给它把食物端来吧！”

转眼到了第二天，举行婚礼的时间越来越近。公主的马车已准备就绪，英勇的战马也已就位。人们从四面八方而来，聚集在一起。新郎和新娘从白石大厅里走了出来。公主坐上马车，等着看伊万王子的“好戏”。这匹魔马是否会把他的卷发抛向风中，把他的骨头撒向开阔的平原？伊万王子走近那匹马，把手放在它的背上，脚踩在马镫上。那匹马一动不动地站着，就像石化了一样，连耳朵都没有摇一下！王子骑在它的背上，它的马蹄仿佛陷进土里。马夫解开束缚它的十二条铁链，它开始迈着平缓、沉重的步伐向前移动，汗水像冰雹一般从它身上倾泻而下。

“真是个英雄！力大无穷！”围观的人们大喊。

新郎和新娘结婚了，他们手牵着手走出教堂。公主想再次考验伊万王子，她使劲捏他的手以至于他无法忍受疼痛。王子痛得满脸通红，面部扭曲。

“你不是个真英雄！”公主想，“你的导师卡托玛骗得我团团转，你也不能免受惩罚！”

安娜公主和伊万王子在一起生活了一段时间。她在言语上百般奉承她天赐的丈夫，但实际上她除了思考如何除掉卡托玛之外，从来没有想过其他事情。“只要把卡托玛除掉，一切问题就都解决了！”她自言自语。但不管她怎么中伤卡托玛，伊万王子都不受影响，反而总是帮卡托玛求情。

年底到了，某天，王子对妻子说："美丽的公主，我亲爱的妻子，我想带你回我的国度。"

"当然可以。"她说，"我们一起去，我早就想去看看你的国家了。"

于是他们准备完毕后，就启程了，卡托玛担任他们的车夫。他们一直在赶路，途中，伊万王子睡着了。突然安娜公主叫醒他，高声抱怨："听我说，王子，你之前睡着了，所以什么都没听见！你的导师一点都不服从我，故意让马匹翻山越岭，仿佛想置我们于死地。我试图平心静气地和他交流，但他嘲笑我。如果你不惩罚他的话，我就不活了！"

伊万王子正处于半梦半醒的状态，勃然大怒，便把卡托玛交到了公主手里："随你处置！"公主下令打断卡托玛的双脚。

卡托玛平静地屈服于王子和公主的怒火，心想："没关系，我可以忍受折磨，但是王子应当知晓接下去他会过上多么悲惨的生活！"

卡托玛被打断了双脚。公主环顾四周，看到一截高大的树桩立在一边。她叫来仆人，吩咐他们把卡托玛抬到那根树桩上。至于伊万王子，她用绳子把他拴在马车外部，她自己则登上马车，立即调转方向，赶回自己的王国去了。卡托玛被留在树桩上，痛哭起来。

“再见，伊万王子！”他大哭，“你不能忘记我！”

与此同时，伊万王子被拴在马车上，被拖着向前。这时他清楚地知道自己犯了一个多么大的错误，但是现在已经没有回头路可走了。安娜公主回到她的王国，安排伊万王子放牛。每天清晨，他把牛群赶到田野；到了晚上，他再把它们赶回皇家园林。每到晚上，公主总是坐在阳台上向外张望，检查牛的数目是否正确。

卡托玛在树桩上坐了一天、两天、三天，其间一直未进食。由于双脚被打断，他无法从树桩上下来，看来他只能饿死了。距此不远处有一片茂密的森林，那里住着一位威武的盲人英雄。不管是野兔、狐狸还是熊，只要有动物从他身边跑过并被他闻到气味，他就立刻开始追赶，抓住它，这是他获取食物的唯一方法。这位英雄非常敏捷，没有一头野兽能从他身边逃走。一天，一只狐狸悄悄路过，英雄听到了声音，紧跟着它。这只狐狸跑到卡托玛所在的树桩边，又突然调转方向，然而盲人英雄匆忙向前奋力一跃，额头猛地撞向树桩，树桩的根都被撞掉了。

卡托玛倒在地上，问道：“你是谁？”

“我是一个盲人英雄。我在森林里居住了三十年。我获取食物的唯一方式是抓捕野味，再用火把它烤熟。如果不是这样，很早以前我就饿死了！”

“你不是生下来就是盲人吧?”

“不是,是安娜公主挖出了我的眼睛!”

“兄弟,”卡托玛说,“我被打断了双脚,也是拜她所赐!”

两位英雄进行了一番交谈,决定日后一起生活,互相帮助,以获取食物。

盲人对瘸子说:“你坐在我背上,给我指路。我就是你的脚,你就是我的眼。”

盲人带瘸子回家。卡托玛坐在盲人的背上,四处张望着,不时地喊着:“右边!左边!直走!”

他们就这样在森林里住了一段时间,以打野兔、狐狸和熊为生。

有一天,瘸子说:“我们不能这样过一辈子。我听说在某个镇上住着一位富商,他有一个女儿。那个商人的女儿对穷人和残疾人非常仁慈,她会向每个人施舍。兄弟,如果我们把她带走,让她住在这里,她就可以为我们料理家务。”

盲人拉来一辆马车,把瘸子抱了上去,直奔镇上富商的院子。富商的女儿从窗户看到了他们,马上跑出来迎接他们。她跑到瘸子面前,说道:“拿着吧,奉主之名,可怜人!”

瘸子似乎要去拿施舍物,但实际上他一把抓住她的手,把她拉上马车后,就呼喊盲人。盲人立刻赶着马车飞奔起来，速度快得没人能抓住他们，甚至骑上马都追不上他。富商派人去追赶，但没找到他们。

两位英雄带富商的女儿回到他们生活的森林，对她说："你做我们的妹妹吧，和我们一起住在这里，为我们操持家务，否则就没有人能为我们两个可怜的人做饭、洗衣服了。你这么做的话，主就不会遗弃你！"

于是她留在了森林里，两位英雄尊重她、敬爱她，把她视作妹妹。他们整天外出打猎，这位妹妹始终留在家里。她负责所有的家务，准备食物，并洗衣服。

但一段日子过后，芭芭雅嘎女巫开始出没于他们的小屋，吸吮富商女儿的胸乳。英雄们刚出去打猎，芭芭雅嘎就进了小屋。不久，这位美丽姑娘的脸色越来越差，整个人变得又虚弱又瘦小。盲人什么也看不见，卡托玛认为情况不太对劲，于是把这件事告诉了盲人。他们一起去找妹妹并盘问她。不过芭芭雅嘎不允许她说真话。很长一段时间，她都不敢把她的烦恼告诉他们，她坚持了很久，但最后她的兄长们说服了她，她把一切毫无保留地告诉了他们。

"每次你们一出去打猎，"她说，"小屋里就会出现一个面目可憎、长发花白的老婆婆。她每次都让我给她梳头发，同时她会吸吮我的胸乳。"

"啊！"盲人说，"那是芭芭雅嘎。等会儿，让我想想，我们必须根据她的行为方式来对付她。明天我们不去打猎，而是引诱她过来，然后趁机抓住她。”

于是，第二天上午，英雄们没有去打猎。

“现在，无脚叔叔！”盲人说，“你躲到长凳底下，必须一动不动地躺在那里。我会到院子里去，并站在窗下。至于你，妹妹，当芭芭雅嘎进来的时候，你就坐在这里，紧邻窗户。你给她梳头的时候，悄悄地把她的头发从窗户扔到外面。我来抓住她的白发！”

一切顺利进行。盲人抓住了芭芭雅嘎的头发，大喊：“噢，卡托玛叔叔，从长凳下出来吧！我出去一会儿，在此期间，你来擒住这个毒如蛇蝎的女人！”

芭芭雅嘎听了，立刻跳起来，试图挣脱束缚。她不停地扭动身体，但没有任何用处。

卡托玛叔叔从长凳底下爬出来，如大山般压在她身上。盲人回到小屋，对瘸子说：“现在我们堆起柴火，让火吞噬她，然后把她的骨灰撒在风中！”

芭芭雅嘎恳求道：“我的上帝！我的爱人！原谅我吧。我会改过自新，日后只做对的事情。”

两位英雄说：“很好，老巫婆！现在你带我们去找治愈病痛的生命之水！”

“只要你们不杀我，我就立即带你们去！”

盲人背起卡托玛，手里抓着芭芭雅嘎的头发。她把他们带到森林深处的一口深井旁边，说：“这里就是能够治愈病痛、起死回生的水。”

“当心，卡托玛叔叔！”盲人大叫，“不要冒险。如果她骗我们，我们就都没命了。”

卡托玛从树上砍下一根绿枝，把它扔进井里。树枝还没落入水中，就突然燃烧起来。

“呵！你到现在还在耍诡计！”英雄们开始折磨她，意图把她扔进炽烈的井水中。芭芭雅嘎比以往任何时候都更加诚恳地请求宽恕，她发誓这次不会再欺骗他们。

她说：“我发誓这次一定带你们去找真正的生命之水。”

英雄们同意再给她一次机会，她把他们带到了另一口井旁。

这一次，卡托玛叔叔从树上割下一截枯枝，把它扔进井里。枯枝还没碰到井水，就已经变绿了，枝上长出了新芽，开出了花。

“来吧，这是生命之水。”卡托玛说。

盲人用井水湿润眼睛，即刻重获光明。他把瘸子放进水里，瘸子的双脚就长好了。他们都非常欢喜，对彼此说：“现在一切都好起来了，我们痊愈了，我们会找回曾经属于我们的一切！但首先我们必须了结芭芭雅嘎。如果我们现在放过她，她日后还会伤害我们，毕竟她一生都在耍诡计。”

因此，他们返回第一口井边，把芭芭雅嘎丢入井中，她的生命就此终结！

之后，卡托玛娶了富商的女儿为妻，两人与盲人一同前往安娜公主的王国，以解救伊万王子。他们快到都城时，发现伊万王子正在放牛！

“停下，放牛郎！”卡托玛说，“你要把这些牛赶到哪里？”

“我正要把它们赶回公主的庭院。”王子回答，“公主每天都会检查。”

“这样吧，放牛郎！你穿上我的衣服，我穿上你的，我来帮你把牛赶回去。”

“不用了，兄弟，不能这么做！如果公主发现的话，她会折磨我的！”

“别害怕，不会有事的！我卡托玛向你保证。”

伊万王子叹息：“啊！卡托玛要是还活着，我怎么可能会在这里放牛！”

这时卡托玛向他表明了自己的身份，伊万王子热情地拥抱卡托玛，热泪盈眶。

“我从没想过还能再见到你。”他说。

于是，他们交换了衣服。卡托玛假扮王子把牛群赶回公主的庭院。安娜公主走到阳台上，向下观望，并指挥卡托玛把它们赶到牛棚里。所有的牛都已经进入棚里，只剩最后一头还停在大门处。卡托玛扑过去，大喊：“你在这等什么呢！”

接着，他抓住它的尾巴，用力地拉扯它，甚至扯下了牛的表皮！公主看到后，高声叫道："这个蛮横的放牛郎在干什么？抓住他，把他带过来！"

仆人们抓住卡托玛，把他拖到了宫殿中。他跟着仆人们，没有找任何借口。仆人们把他带到公主面前。她看着他，问："你是谁？从哪里来？"

"我是被你打断双脚、放在树桩上的卡托玛。"

公主想："既然他的双脚已经好了，那么为了我的未来，我必须迎合他。"

所以，她不断恳求他和王子宽恕她，她承认了自己所有的罪过，并发誓永远爱伊万王子，凡事都服从王子。伊万王子原谅了她，与她和睦相处。盲人英雄留在他们身边，而卡托玛和妻子则返回富商的家，从此住在那里。

海伦娜公主

从前，在某个地方，住着一位老人。他教三个儿子读书写字以及所有的书本知识。有一天，他对他们说："现在，我的孩子们！当我死后，记得来我的墓前祷告。"

"好的，父亲，好的！"他们回答。

两个哥哥是那么魁梧，那么高大强壮！至于年纪最小的伊万，他就像是一个未完全发育的孩子、一只羽翼半丰的小鸭子，比哥哥们逊色得多。不久，他们的老父亲去世了。这时，传来消息，国王为他的女儿——美丽的海伦娜公主建造了一座有十二根圆柱和十二排横梁的神殿。在神殿里，公主坐在高高的宝座上，等待着她的新郎。那个勇敢的青年，会骑着一匹骏马，站得足够高来亲吻她的嘴唇。整个国家的青年都陷入骚动。他们开始舔嘴唇、挠头，想知道这么好的运气会落到谁的头上。

"哥哥们！"伊万说，"父亲去世了，我们中谁去他的墓前读祷文呢?"

"谁想去，就让谁去吧!"两个哥哥答道。

于是，伊万去了，哥哥们却在驯马、卷头发、修剪胡子。

转眼到了第二夜。

“哥哥们！”伊万说，“我已经完成了祷告。现在该轮到你们了，你们谁去？”

“谁想去谁去。我们有事要做，你无权干涉。”

他们把帽子扬起来，大喊大叫，一会儿朝这边飞奔，一会儿朝那边跑去，在空旷的田野里四处游荡。

因此，伊万只好自己去念祷文。第三夜也是如此。

此时，他的哥哥们已经训练好战马，修剪好胡子，准备第二天早晨在海伦娜公主眼前展现自己的勇气。

“要不要带上弟弟？”他们想，“不，不。带上他有什么好处？只会让人们笑话，给我们添乱。我们还是自己去吧。”

他们离开了。但是，伊万非常想去看一眼美丽的海伦娜公主。他痛哭流涕地来到父亲的坟墓前，他父亲在棺材里听见他的哭声，走出坟墓，到他身边，抖掉他身上的湿土，说：“不要悲伤，伊万。如果你有麻烦，我会帮助你。”

紧接着，老人站直身子，高声大叫，又吹了一声刺耳的口哨。

不知道从哪里出现了一匹马，大地颤抖，火焰从它的耳朵和鼻孔里喷出。魔马飞来飞去，然后静静地站在老人面前，仿佛扎根在地里似的，叫道："悉听尊便！"

伊万钻进马的一只耳朵，又从另一只耳朵里钻出来，变成了一位绝世英雄——任何一则俄罗斯民间传说都未曾描写过的英雄！他骑上马，双臂张开，像猎鹰一样径直飞向海伦娜公主的家。到达公主所在之处后，他挥动双手，跳到高处，只差两排横梁的距离就成功了。他转过身，飞奔起来，一跃而上，到了离海伦娜公主仅一排横梁远的地方。他一次又一次转身，眼中仿佛射出一道火光，他瞄准方向，最终在美丽的海伦娜的嘴唇上吻了一下。

"他是谁？他是谁？快点阻止他离开！阻止他！"公主大喊。然而，没有人能发现他的行踪。

他飞驰回父亲的坟前，放开魔马，跪倒在地上，并征求父亲的意见。他们进行了一番商议。

回家后，伊万表现得好像没去过任何地方。哥哥们不停地交谈，描述着他们去过的地方、看见的事物，而他像往常一样在旁边听着。

第二天，活动继续。王宫的大厅里聚集着无数贵族青年。哥哥们骑马前往宫殿，他们的弟弟伊万也去了，只不过是步行去的。他温顺而谦虚，就像没有吻过公主一样，坐在远处的一个角落里。海伦娜公主要求她的新郎在大家面前现身，并表示想要把一半的王国给他，但是新郎没有露面。公主派人在贵族青年和将军中寻找，每个人都轮流接受检查，但没有任何收获。与此同时，伊万在一旁轻声微笑，等着新娘亲自来找他。

他想："昨天，当我以一名强大的英雄的姿态出现时，我取悦了她。现在就让她爱上穿着普通的我吧。"

公主站起身，用明亮的眼睛环顾四周，她的目光扫过所有大厅里的人。公主认出了她的新郎，并让他坐在她身旁，两人很快便结婚了。

上帝啊！他变得多么聪明，多么勇敢，多么英俊！他骑上飞马，扬了一下帽子，双手叉腰！你绝对会说他是一个国王、一个天生的国王！绝对不会怀疑他曾经是那个瘦小的伊万。

傻瓜叶米利安

从前有三个兄弟，其中两个很聪明，但还有一个是傻瓜。两个哥哥到沿河的城镇去售卖货物，出发前对傻瓜弟弟说：“别担心，傻瓜！听我们的妻子的话，并把她们当作母亲来尊重。我们会给你买一双红靴子、一件红长袍和一件红衬衫。”

傻瓜对他们说：“好的，我会尊重她们。”

他们给傻瓜下了一些命令后，便出发前往下游的城镇。然而，傻瓜半躺在火炉上方[①]，并一直躺在那里。

哥哥的妻子们对他说：“你在干什么，傻瓜！你的哥哥们命令你要尊重我们，而作为回报，他们每个人都会给你带礼物，但你现在却躺在火炉上方，一点活儿也不干。无论如何，你去打些水来。”

傻瓜拿了两个桶去打水。在他舀水时，一条梭子鱼碰巧钻进了桶里。

---

① 在俄罗斯，火炉上方是睡觉的地方。——译者注

傻瓜对自己说："托主的福！我要煮了这条鱼，自己一个人吃光它！一丁点也不会分给我的嫂子们！我要对她们冷酷一点！"

梭子鱼用人类的声音对他说："别吃我，傻瓜！如果你把我放回水里，你将会有好运！"

傻瓜回答："我能从你那儿获得什么好运？"

"哎呀，不管你提什么要求，我都能满足。比如你可以说：'奉梭子鱼之命，应我之请，你们这些水桶，回家去，各回原位。'"

傻瓜重复完这句话，水桶立即自动回到家里，恢复原位。两位嫂子看到后，感到疑惑："这是哪门子傻瓜！他懂我们的意思。你看，水桶已经运回来了，而且放在原处。"

傻瓜回来后，躺在火炉上方。他哥哥的妻子们又开始说："你躺着干什么，傻瓜？没有烧火的柴火了，你去砍一些来。"

傻瓜拿起两把斧子，坐上雪橇，但缺少拉雪橇的马。

"奉梭子鱼之命，应我之请，拉我到森林里去，雪橇！"

雪橇快速行进，就好像有马拉着似的。傻瓜经过一个小镇，他那无马牵引的雪橇粗暴地把路上的行人们挤到角落里。他们开始大叫："让他停下！抓住他！"

但他们连碰都碰不到他。傻瓜一路到了森林，他从雪橇上下来，坐在一根木头上，说：“一把斧头去砍树，另一把斧子，把砍下的树劈成小块!”

很快，柴火砍好了，堆在雪橇上。接着，傻瓜又说：“现在，你们中的一把斧子，去给我砍一根棍棒，在我能拿得动的前提下，越重越好。”

斧子去给他砍了一根棍棒，搁在柴火上。

傻瓜坐在雪橇上准备离开。他又经过了那个小镇，镇上的人聚在一起，一直在寻找他。于是他们拦住傻瓜，用手按住他，并开始拉扯他。

傻瓜说：“奉梭子鱼之命，应我之请，快上吧！棍棒，振奋起来!”

棍棒跳了出来，开始猛打一顿，打倒了非常多的人。他们躺在地上，像一捆捆玉米散落在地上。傻瓜躲开他们，坐上雪橇回家。他把木头堆起来，然后又躺在了火炉上方。

与此同时，镇民发起抵制他的请愿，并在国王面前公开谴责他，说：“人们都说用尽办法也抓不到他。我们必须用诡计来引诱他，最好的办法就是答应给他一双红靴子、一件红长袍和一件红衬衫。”

于是，国王的随从去找傻瓜，对他说：“去见国王。他会给你一双红靴子、一件红长袍和一件红衬衫。”

傻瓜说：“奉梭子鱼之命，应我之请，火炉，带我去国王面前!”

他坐在火炉上，到达国王面前。

国王想要处死他，但是他的女儿非常喜欢这个傻瓜，她求父亲把她嫁给傻瓜。国王勃然大怒，他让他们结婚，但紧接着下令把他们俩都扔进桶里，然后给桶涂上柏油，扔进水里。

这个桶在海上漂浮了很长时间。妻子恳求傻瓜："快做点什么让我们回到岸上！"

"奉梭子鱼之命，应我之请，"傻瓜说，"把这个桶抛到岸上，并破开它！"

桶飞到岸上，破成了两半，他和妻子走出了木桶。然后，她又一次恳求他，希望他能造一幢房子。

傻瓜说："奉梭子鱼之命，应我之请，建造一座大理石宫殿，就建在国王宫殿的对面！"

一瞬间，宫殿就建成了。第二天早晨，国王看见了新宫殿，就派人去询问住在里面的是谁。他得知女儿住在那里，就立刻把她和她丈夫叫来。他们来了之后，国王赦免了他们，并和他们生活在了一起，而且生活得很好。

女　巫

一天深夜，一个哥萨克人骑马进入一个村子，在最后一间小屋前停下来，叫道："嗨，小屋的主人！今晚你能让我在这儿过夜吗？"

"进来吧，如果你不怕死的话！"

"这是什么回答？"哥萨克人一边想，一边把马赶进马厩。他给它喂食后，就进了小屋。进去之后，他看到里面的人，无论是男人、女人，还是小孩，都在抽泣、叫喊，并向上帝祈祷。他们完成祷告后，便换上了干净的衬衣。

"你们哭什么？"哥萨克人问道。

"你瞧，"房子的主人回答道，"一到晚上，死神就出没于我们的村子。她的目光看向哪间小屋，第二天早上，所有住在那间小屋里的人都会死去，并被装进棺材，抬到墓地去。今晚轮到我们了。"

"别害怕，男主人！没有上帝的旨意，谁都不会死！"

屋子里的人都躺下睡觉了，但是哥萨克人一直在望风，没有合过眼。就在午夜时分，窗户打开了。窗前出现了一个穿着一身白衣的女巫，手里拿着一个喷头，她刚把胳膊伸进小屋，正要洒水的时候，哥萨克人突然挥舞佩剑，砍下她的胳膊。女巫大叫，像狗一样狂吠着逃走了。哥萨克人捡起那只被砍下的胳膊，洗去上面的血迹，藏在斗篷下，然后躺下睡觉。

第二天早晨，男主人和女主人醒来，看到每个人都还活得好好的，没有一个人例外，高兴得都说不出话了。

“如果你们愿意，”哥萨克人说，“我可以带你们去找‘死神’！尽快召集所有的乡村警察，我们一起在村子里找她。”

所有警察立刻聚集在一起，挨家挨户查看情况。他们一无所获，最后，他们进入了教堂看守人的小屋。

“你们全家都在这儿了吗?”哥萨克人问道。

“不，我的一个女儿病了。她正躺在炉子上方。”

哥萨克人朝炉子上方望去，姑娘的一只胳膊显然被砍掉了。于是，他把事情的来龙去脉都说了出来，又拿出那只被砍断的胳膊让人们看。村里人给了哥萨克人一笔钱，并下令淹死了这个女巫。

无头公主

在某个国家，住着一位国王，这位国王的女儿是个女巫。王宫附近住着一位神父，神父有个十岁的儿子，这个小男孩每天到一个老奶奶家里学习读书和写字。一天夜晚，他下课回家，经过宫殿时，朝一扇窗户望去，碰巧看到公主坐在窗前打扮自己。她摘下自己的头，在上面抹上肥皂，用清水把它洗干净后，梳理好头发，然后编好长长的辫子，最后重新把头放回它应该在的位置。男孩感到十分惊奇，有点不知所措。

“可真够聪明的！”他想，“她其实是一个彻头彻尾的女巫！”

回到家后，他开始向每个人讲述他是如何看到公主取下自己的头的。

突然，国王的女儿病入膏肓。她叫来父亲，一字一句地嘱咐他说：“我若死了，就让神父的儿子连续三夜给我念赞美诗。”

公主死了。他们把她装在棺材里，抬到教堂。紧接着，国王召见神父，说："你有个儿子？"

"是的，陛下。"

"不错。"国王说，"那么让他连续三个晚上给我死去的女儿朗诵赞美诗吧。"

神父回到家，吩咐他的儿子做好准备。第二天早晨，男孩去上课，看书本时神情沮丧。

"你为什么不高兴啊？"老奶奶问。

"我彻底完蛋了，怎么能不闷闷不乐呢？"

"到底怎么了？直说吧。"

"老奶奶，我得给公主念赞美诗。但你知道吗，她是个女巫！"

"我早就知道了！不过，别害怕，这把小刀给你。你走进教堂后，用小刀在自己周围画一个圆圈，然后开始朗诵赞美诗，记住不要回头看。不管后面发生了什么，不管出现了多么恐怖的事情，做好你自己的事，继续读下去，一直读下去。如果你回头看，那么一切都完了！"

晚上，男孩到达教堂后，用小刀在他周围画了一个圈，然后开始读赞美诗。十二点的钟声敲响了。棺材的盖子飞起来，公主起身，跳了出来，喊道："谁让你偷看我，还把我的秘密说给别人听！现在让我好好教训教训你！"

她说完就冲向神父的儿子，但无论如何也无法冲破那个圆圈。她开始用魔法变出各种恐怖的东西。可是，无论她做什么，小男孩还是不停地读啊读，从来不回头看一眼。天亮的时候，公主冲向她的棺材，平躺进棺材里。

第二天晚上一切照旧。神父的儿子一点也不害怕，不停顿地读到天亮，随后就到老奶奶那儿去了。

她问他："你看到恐怖的事物了吗?"

"是的，老奶奶!"

"这次情况会更可怕。这把锤子给你，还有四个钉子，把它们钉在棺材的四个角上。在你开始朗诵之前，竖起锤子，把它放在你面前。"

到了晚上，神父的儿子前往教堂，照做了老奶奶叮嘱的所有事。十二点的钟声又敲响了，棺材盖掉在地上，公主跳起来，四处破坏，并恐吓男孩。接着，她又变出恐怖的事物，这一次比以前更可怕。在男孩看来，教堂里好像发生了火灾，所有的墙都被火焰包围了！但他坚守阵地，继续读下去，一次也不回头看。天快亮了，公主冲到棺材里，接着火似乎立刻熄灭了，所有的魔鬼也都消失了。

次日早晨，国王来到教堂，看到棺材打开了，公主脸朝下躺在棺材里。

"怎么回事?"他说。

小男孩把发生的一切都告诉了他。于是国王下令，让人把一根白杨木桩插进他女儿的胸膛，并把她的尸体投入地洞。此外，他奖赏了神父的儿子一大笔钱和许多土地。

士兵的午夜守望

很久以前，有一个士兵侍奉上帝和沙皇长达十五年，其间从没回过家看望自己的父母。后来，沙皇下令，准许同一时间里每个连队可以有二十五名士兵请假回去看望家人。故事的主人公和其他名士兵一同得到了休假许可，于是他动身返回他在基辅的家。过了一段时间，他抵达了基辅，参观了修道院，在那里向上帝祈祷，在圣物前跪拜，然后再次出发，前往他的出生地——一个距离基辅不远的外省城镇。他走啊走，突然，他碰见了一个美丽的姑娘，她是那个镇上一个商人的女儿，长得非常漂亮。大家都知道，如果士兵看到漂亮姑娘，那么他绝不可能一声不吭地从她的身边经过；相反，他会跟着她，尝试攀谈。于是，这个士兵走到商人女儿的身旁，打趣地对她说："你好啊，美丽的姑娘！还没有人给你套上笼头吧?"

"还不知道谁给谁套上笼头呢!"姑娘回答道，"我要把你变成一匹马，等着瞧吧。"

她大笑着离开了。士兵回到家，问候了家人，他们都很健康，见此他很高兴。

他的老祖父非常高寿，已经一百多岁了。士兵正在和他聊天，说："祖父，今天在我回家的路上，我碰巧遇见了一个无比美丽的姑娘。我是个罪人，为了吸引她的注意，我嘲弄了她。然后她对我说：'还不知道谁给谁套上笼头呢！我要把你变成一匹马。'"

"噢，我的上帝！你还做了什么？那是我们镇上一个商人的女儿，她是一个可怕的女巫，曾经害不少优秀的年轻人丢了性命。"

"我也不是胆小鬼！您别急于恐吓我。我们等着瞧上帝会怎么做。"

"不，不，孩子！"祖父说，"如果你不听我的话，你甚至都活不到明天！"

"这真是件可怕的事！"士兵说。

"是的，你从来没遇到过这么可怕的事情，即使在你当兵的时候。"

"那么现在我该怎么做，祖父？"

"哎，现在这种情况，你只能准备好一个笼头，拿上一根粗粗的白杨棍，静静地坐在屋子里，一步也别动。到了晚上，她会冲进来，如果她能在你开口说话之前说出'站住，我的骏马'，那么你马上就会变成一匹马。接着，她会骑在你的背上，让你不停地飞奔，直到把你累死。但假如你设法在她开口说话之前说出‘站住！弱马’，她就会立刻变成一匹母马。然后，你必须用笼头套住她，跳到她的背上。她会驮着你翻山越岭，试图把你摔下来，但你一定要坚持住。你要用粗棍击打她的头，不停地打她，直到把她打死。”

这个士兵根本没想到会遇上这种事，但害怕也于事无补。于是他听从了祖父的劝告，准备好了笼头和白杨粗棍，在角落里坐了下来，等着看会发生什么事。午夜时分，走廊里的门吱吱作响，有脚步声传来。女巫来了！在门被打开的一瞬间，士兵赶快吼道：“站住！弱马！”

女巫立刻变成一匹母马，他给她套上笼头，牵她到庭院里，跳到她的背上。母马驮着他上山下水，试图把他扔下来。不过，士兵紧紧地骑在马背上，用粗棍猛力捶打她的头，直到把她打倒在地。她倒地之后，士兵还给了她数拳，最后把她打死了。

黎明时分，他回到家。

“啊，我的孩子！你怎么样？”他的祖父说。

“托上帝的福，祖父，我把她打死了。”

“太棒了！那你现在赶紧去躺会儿，补个觉。”

士兵躺在床上，沉入梦乡。晚上，老祖父叫醒他：“起床吧，孩子。”他起了床。

“现在该怎么办呢？商人的女儿死了，你看，她的父亲会来找你，叫你到他家里去，在女巫的尸体边读赞美诗。”

“祖父，您觉得呢？我该去还是不该去？”

“如果你去了，你的生命就到头了。但如果你不去，你也活不了。所以，你最好还是去吧。”

“但是，假如有事情发生，我该怎么逃出来？”

“听好，孩子！你到了商人家里后，他会给你喝白兰地。你不要喝太多，适量就好。然后，商人会把你带到放置他女儿棺材的房间，把你锁在里面。你要朗诵赞美诗，直到午夜降临。午夜，房间里会忽然刮起一阵大风，棺材开始摇晃，盖子脱落。一旦这些恐怖的事情发生，你就尽快跳到火炉上方，藏到角落里，默默地祈祷。她不会找到你的。”

半小时后，商人来了，对着士兵大叫：“喂，士兵！我女儿死了，你得过来到她的棺材边读赞美诗。”

士兵带着赞美诗本子前往商人的家。商人很高兴，让他坐在自己身边，拿出白兰地给他喝。士兵喝了酒，但只喝了一点就放下酒杯。商人拉着他的手，把他带到放置尸体的房间。

“现在，”商人说，“开始朗诵赞美诗吧。”

商人走出房间，锁上门。士兵别无选择，只能打开赞美诗本子，开始朗诵。到了午夜时分，房间里刮起一阵大风，棺材不断摇晃，盖子飞了下来。士兵迅速跳到炉子上方，躲在角落里，用一个十字架保护自己，并开始低声祈祷。这时，女巫已经从棺材里跳了出来，在房间里到处乱窜。紧接着，无数鬼怪向她聚拢，满屋子都是恶鬼！

“你在找什么？”他们问。

“一个士兵。不久前他就在这儿朗诵赞美诗，现在不见了！”

恶鬼们急切地寻找他。他们找了又找，找遍了所有的角落，最后他们把目光投向了火炉。幸运的是，就在这时公鸡开始啼叫了。转眼间，所有的恶鬼都消失了，女巫也化成了地板上的尸体。士兵从炉子上下来，把尸体放进棺材，盖上盖子，随后继续读赞美诗。天亮后，商人进入房间，说：“早上好啊，士兵！”

“祝您身体健康，商人先生。”

“昨晚一切顺利吗？”

“是的。”

“这里是五十卢布。不过，你今晚还得再来，朋友，再诵读一个晚上。”

“好的，我会再来的。”

士兵回到家，躺在长凳上，一直睡到晚上才起来。他对祖父说：“祖父，商人让我再去诵读一个晚上。我该去吗？”

“如果你去了，你就活不成了。但如果你不去，结果也是一样的！你还是去吧。但还是要记住，不要喝太多白兰地，要适量。当屋里开始刮风的时候，棺材会开始晃动，你一定要马上滑到火炉里面。没有人能找到你。”

士兵准备好一切，前往商人的家。商人又安排他坐在桌边，并给他喝白兰地。之后，他到了安放尸体的房间，进去之后房门依然被商人锁住。

士兵一直读。午夜降临，大风呼啸，棺材摇晃，盖子掉在地上，他飞快地滑进火炉内。女巫从棺材里跳出来，又开始四处搜寻士兵的身影。她身边依旧聚集着一大群恶鬼，充斥着整间房间。

“你在找什么?”他们大叫。

“奇怪！他刚才明明就在这儿朗诵，现在就不见踪影了。我找不到他。”

恶鬼们冲到炉子上方。

“就是这里。”他们喊道，“昨晚他就躲在这儿!”

然而，他现在并不在这个地方！他们在房间里到处寻找。忽然，公鸡开始打鸣，恶鬼都消失了，女巫也又躺到了地上。

士兵在火炉里停留了一会儿，调整了呼吸，然后从炉子里爬出来。他把商人的女儿放回棺材里，又开始读赞美诗。不一会儿，他环顾四周，天已经亮了。

商人来了，说：“嘿，士兵!”

“祝您身体健康，商人先生。”

“昨晚一切都好吗?”

“感谢上帝！是的。”

“跟我来。”

商人带他走出房间，给了他一百卢布，说：“请你过来再读一晚。我不会亏待你的。”

“好的，我会来的。”

士兵回到家。

“孩子，昨晚怎么样？”祖父说。

“祖父，一切都好！商人又让我去。我该去吗？”

“情况还是一样。不管你去不去，你的生命都到头了。你最好还是去。”

“如果有事发生，我该藏在哪里？”

“我来告诉你，孩子。你去买个煎锅，把它藏起来，免得商人看见。你去他家时，他会强迫你喝很多白兰地。你注意点，不要喝太多。到了午夜，风一呼啸，棺材一摇晃，你就立刻爬到火炉的烟囱里，用煎锅盖住自己。没人会发现你的。”

士兵睡了个好觉，然后去买了个煎锅，把它藏在斗篷底下，到了晚上，前往商人的家。士兵坐下后，商人让他喝酒，用各种方式哄骗他多喝一点。

“不能再喝了。”士兵说，“已经到我的极限了。”

“既然这样，那你去读赞美诗吧。”

商人带他到房间里去，让士兵单独和尸体待在一起，然后锁上门。

士兵不停地诵读。到了午夜，大风刮起，棺材震动，盖子被掀翻在地。士兵赶快跳到烟囱里，用煎锅盖住自己，用一个十字架符号保护自己，等待着将要发生的事情。女巫跳出棺材，在房间里东奔西闯。众多恶鬼围绕着她，挤满了整个屋子！他们四处寻找士兵，并仔细检查火炉里面，说："就是这里，昨天他就在这里。"

"的确就是这里，但是他现在不在。"

他们到处找他，但怎么也找不到。不一会儿，一个年老的恶鬼进入房间。

"你们在找什么？"

"一个士兵。刚才他还在这儿朗诵，现在不见了。"

"你们没有眼睛吗？坐在烟囱里的是谁？"

士兵的心怦怦直跳，几乎要跌坐在地上！

"没错！是他，他在那儿！"恶鬼们喊道，"可是我们怎么才能解决他呢？有什么办法可以接近他？"

"怎么不可能！去找一个已点燃但没有被人们用来许愿的蜡烛头。"

没过多久，恶鬼拿来一个蜡烛头，然后在烟囱下面堆了许多木头，并点燃了火炉。火焰腾空而起，士兵感觉自己正在被火烤：先是感觉到一只脚被烤，然后感觉到另一只脚被烤。他缩起身子。

"就是现在，"他心想，"我的死期到来了！"

幸运的是，突然，公鸡开始打鸣，恶鬼们都消失了，女巫躺在了地上。士兵从烟囱里爬出来，开始灭火。当火被扑灭之后，士兵把一切复原。他把商人女儿的尸体放进棺材，盖上棺材盖子，又继续诵读。清晨，商人来了，站在房间门口听士兵是否还活着。他听到士兵的声音后，打开房门，说道："早上好，士兵！"

"祝您身体健康，商人先生。"

"昨晚顺利吗？"

"上帝保佑，一切都好。"

商人给了他一百五十卢布，说："你完成得很好！再多做一件事吧。今晚到这儿来，把我女儿的尸体运到墓地去。"

"好的，我会来的。"士兵回答后，起身离开。

"嘿，我的孩子，这次怎么样？"

"感谢上帝，祖父，我安全回来了！商人让我今晚再到他家里去，把他女儿的尸体运到墓地。我应该去吗？"

"我还是这句话。如果你去了，你活不了。但如果你不去，你也死定了。所以你必须去，对你来说，去更有利。"

"那么我该怎么做呢？请告诉我。"

"这样吧，你到商人那里吧，想必他把一切都准备好了。晚上十点钟，死者的亲属将开始向死者告别。然后，他们会在棺材上箍三个铁箍，再把它放在殡仪车上。十一点的时候他们会让你把它运到墓地去，在你护送棺材前往墓地的途中，务必时刻保持警惕。其中一个铁箍会突然断裂。千万不要害怕，勇敢地保持原样。不久后，第二个会断裂，你依然坐着不动。不过，当第三个铁箍啪的一声断裂时，你要立马跳到马背上，向后跑开。这么做，你就不会受到伤害！”

士兵躺下睡觉，一觉睡到晚上，然后前往商人的家。晚上十点，所有的亲戚开始与死者道别，他们在棺材上箍上三个铁箍。箍紧之后，他们把棺材抬上殡仪车，大叫：“时间到了，士兵，走吧！祝你一帆风顺！”

士兵出发了。一开始，他骑得很慢，但当他驶离人们的视线后，就开始策马疾驰。他骑马的过程中始终注意着棺材。突然，一个铁箍断裂了，接着另一个也断裂了。女巫气得咬牙切齿。“停下！”她大喊道，“你逃不掉了，我马上就会把你吃掉！”

“不，僵尸！士兵是皇室的财产，任何人都不能吃他们。”

这时，最后一个铁箍断裂了。士兵跳上马，然后奋力向后跑去。女巫从棺材里跳了出来，想要追赶士兵。她听到士兵的脚步声，绕着马跑了一圈，发现士兵不在那里，就又去追赶他。她不停地跑，又追上了他的脚步，最后又回到了马这里。她一筹莫展，重复了十多次。突然，公鸡开始打鸣。瞬时，女巫倒在了地上，士兵抱起她，把她放进棺材里，砰的一声关上盖子，继续前进，把她送到墓地。到了墓地之后，他把棺材放进墓穴里，盖上土，然后回到商人的房子里。

“我做完一切了。”他说，“马还给您。”

商人看见士兵很惊讶，他睁大眼睛盯着士兵。

“很好，士兵！”商人说，“我知道很多事，至于我的女儿，我们就不必再说了，她是个邪恶的女巫，但是，说真的，你知道的比我们多多了！”

“那么现在，商人先生！把我的酬劳给我吧。”

于是，商人给了他两百卢布。士兵接过钱，对商人表示感谢后，起身回家，请他的祖父吃了一顿大餐。

男　巫

从前有一个农民，他的三个儿子都已经结婚了。他活了很长时间，村里的人都觉得他是一个巫师。当他快要死的时候，他吩咐儿媳妇们在他死后把他的尸体放在外面的房间，而且每个儿媳妇为他守夜一晚，并且纺羊毛，给他做一件长袍。此外，他还吩咐不能在他尸体上放十字架，她们也不能佩戴十字架。没多久，他就死了。

那天晚上，大儿媳妇坐到了他身边，拿出一些灰色的羊毛，开始纺纱。午夜来临，这个农民从棺材里发出声音："儿媳妇，你在这里吗？"

她非常害怕，但是回答道："我在。"

"你坐着吗？""我坐着。""你在纺纱吗？""在纺纱。""用的灰羊毛？""对，灰的。""准备织长袍？""对，准备织长袍。"

他爬出来，朝着她的方向移动。接着，他又问："儿媳妇，你在这里吗？"

"我在。""你坐着吗？""我坐着。""你在纺纱吗？"

“在纺纱。”“用的灰羊毛？”“对，灰的。”“准备织长袍？”“对，准备织长袍。”

她缩到墙角。他又向前移动了一下，离她近了几码。

第三次，他又向前移动了。她没有祈祷。他勒死了她，然后又躺回棺材里。

他的儿子们把大儿媳妇的尸体移走了。第二天晚上，遵照父亲的遗愿，他们派了二儿媳来看守。同样的事情也发生在她的身上。死去的农民从棺材里起来，把她勒死了，就像对待大儿媳妇一样。

但三儿媳比另外两个聪明，她宣称自己已经摘掉了十字架，但实际上她一直戴着。她坐着纺纱，却一直在为自己祈祷。

午夜降临。她的公公从棺材里发出声音：“儿媳妇，你在这里吗？”

“我在。”“你坐着吗？”“我坐着。”“你在纺纱吗？”“在纺纱。”“用的灰羊毛？”“对，灰的。”“准备织长袍？”“对，准备织长袍。”

同样的问答重复了一次。第三次，正当他要冲向她时，她把十字架放在了他身上。他摔倒了，彻底死了。她往棺材里看，发现里面有大量钱财。这个农民想将其带走，无论如何，只有比他更聪明的人才能得到这些钱财。

第五章
鬼故事

地狱里的小提琴手

从前有一个富农，他有三个儿子。他的生活很富裕，积攒的钱足以装满两个罐子。他把一个罐子埋在谷物窖里，另一个罐子埋在农场的大门底下。之后，这个富农死了，死前也没跟任何人说过这些钱的事。有一天，村里举行庆祝活动，一名小提琴手前去狂欢，他走着走着，突然陷入地下，径直掉入地狱，正好遇见死去的富农遭受折磨。

“嘿，朋友！”小提琴手说。

“一阵坏风把你吹到这里来了！”富农回答，“这里是地狱，我就在地狱里。”

“是什么把你带到这里来的，叔叔？”

“是钱！我有很多钱，但从没有施舍给穷人。我在地下埋了两罐钱。看啊，他们要折磨我，用棍子打我，用指甲撕扯我！”

“我应该做什么？”小提琴手叫道，“可能他们也会折磨我！”

“如果你坐在烟囱后面的炉子上，三年之内不吃不喝，那么你就会安然无恙。”

小提琴手躲在烟囱后面。接着来了一群恶魔，他们开始殴打富农，一边辱骂他，一边说：“这就是你的下场，有钱人。你埋了那么多钱，却没有藏好。你把钱埋在那两个地方，使我们无法看守那些钱。农场大门口总是有人骑马，马会用蹄子踩我们的头。在谷物窖里，我们会被人用鞭子抽打。这都是你的错!”

恶魔一离开，农民就对小提琴手说：“如果你离开这里，就让我的孩子们去把钱挖出来并分给穷人。一罐被我埋在农场大门口，另一罐在谷物窖里。”

紧接着，又进来了一屋子恶魔。他们问富农：“为什么你这里有一股俄罗斯人的味道?”

“你们刚才一直在俄罗斯，所以把这股味道带过来了。”富农回答。

“这怎么可能?”他们说。他们环顾四周，发现了那个小提琴手，大喊：“哈，哈，哈！他是个小提琴手。”

他们把他从炉子上拽下来，并让他为他们拉小提琴。他拉了三年，虽然在他看来似乎只有三天。他感到疲惫，说：“真是不可思议！以前，我拉一个晚上的琴，往往所有的琴弦都断了。但现在，我已经拉了整整三天，琴弦都还完好无损。愿主保佑我们!”

他话音刚落，所有的琴弦就都断了。

“你们看，伙计们！”小提琴手说，“你们自己看。所有的琴弦都已经断了，我不能再拉琴了。”

“等一会儿！”一个恶魔说，“我有两捆肠线，我去给你拿来。”

他跑去把肠线取来。小提琴手装好琴弦，说：“愿主保佑我们！”

一瞬间，琴弦又断了。

“不，兄弟！”小提琴手说，“你的肠线和我的琴不匹配。我家里还有一些肠线，请允许我回家去取。”

恶魔不让他走。“你走了就不会回来了。”他们说。

“好吧，如果你们不相信我，可以派人陪我一起去。”

恶魔们从他们中挑选了一个，让他陪小提琴手一起回去。小提琴手回到了村子，他听到有人正在离他最远的小屋里举行婚礼。

“我们去婚礼现场吧！”他叫道。

“走吧！”恶魔说。

他们走进那间小屋。那里的每个人都认出了小提琴手，大声喊道：“这三年你藏在哪里了？”

“我去了另一个世界！”他回答说。

他们坐在那里度过了一段美好时光。接着，恶魔向小提琴手招手，说：“该走了！”但小提琴手回答：“再等一会儿吧！让我拉一会儿琴，让年轻人振作起来。”于是他们一直坐在那里，直到公鸡开始打鸣。公鸡一叫，恶魔就消失了。

之后，小提琴手对富农的儿子们说：“你们的父亲叫你们把他埋的钱挖出来——一罐被埋在农场大门下面，另一罐埋在谷物窖里——再把钱全部分给穷人。”

他们把两罐钱都挖了出来，分给穷人。但他们施舍得越多，罐子里的钱就越多。他们把罐子抬到十字路口，每一个经过的人都尽可能拿更多的钱，可是还是剩了很多钱。他们向国王呈递了一份请愿书。王国内有一个城镇，通往那里的路大约五十俄里长，非常迂回坎坷。但实际上，到那里的直线距离不会超过五俄里。因此，国王下令修建一座桥，直达那个城镇。于是富农的儿子们用剩下的钱建了一座五俄里长的桥，终于把钱用完了。

当时，有一个使女生下儿子，但在他还是婴儿的时候就抛弃了他。三年里，这孩子没有吃过任何食物，也没有喝过水。上帝的一位使者总是与他同行。一天，这个孩子来到桥边，喊道：“啊！真是一座宏伟的桥！上帝，请让花钱修建这座桥的人上天堂吧！”

上帝听到了孩子的祷告，便派天使把富农从地狱深处释放了出来。

墓碑上的骑行

一天深夜，一名工匠在一个遥远的村子里享受完一顿欢乐的盛宴后，在回家路上遇到了一个老朋友，但这个老朋友已经去世十多年了。

“祝你身体健康！”死去的熟人说。

“也祝你身体健康！”工匠完全忘记这位老朋友在很久以前就已经告别这个世界了。

“到我家去吧。我们一起喝几杯。”

“走吧。在我们相遇的愉快时刻，怎能不喝一杯呢?”

他们抵达老朋友的住所，在那儿继续喝酒。

“现在该说再见了！我要回家了。”工匠说。

“再留一会儿吧。现在你还想去哪儿呢？今晚就和我一起过吧。”

“不，兄弟！不要这么说。我明天还有工作要做，所以我现在必须赶快回家了。”

“好吧，再见！但你为什么要走路回家呢？你最好骑上我的马，它很快就能把你送到家。”

“谢谢！那我就不客气了。”

他骑上马，马驮着他像旋风似的向前飞驰。突然，公鸡开始打鸣。他发现周围都是坟墓，而他骑着的不是马，而是一块墓碑。太恐怖了！

两个好朋友

很久以前，在一个村子里住着两个年轻人。他们是很好的朋友，经常一起去狂欢，事实上他们都把对方视为兄弟。他们约定，无论谁先结婚，都要邀请另一个去参加婚礼，不论对方是死是活。

大约一年后，其中一个年轻人病倒了，死了。几个月后，另一个年轻人打算结婚。婚礼当天，他召集了亲戚朋友，一起去接他的新娘。当他们经过一片墓地时，新郎想起他死去的好朋友，并记起了他们的约定。因此，他让马停下来，说："我将前往我好朋友的坟墓，我要请他来参加我的婚礼。他是一个值得信赖的好朋友。"

他来到坟墓前，开始大吼："我亲爱的兄弟！我邀请你去参加我的婚礼。"

突然，坟墓裂开了，死去的年轻人站起来，说："谢谢你遵守了我们的约定，兄弟！现在，请进入我的住处，让我们利用这个愉快的机会喝一杯吧。"

“不，我要走了，迎亲队伍还停在外面，所有的人都在等我。”

“啊，兄弟！喝一杯显然耽误不了多久！”

于是新郎跳进坟墓。死去的朋友给他倒了一杯酒。他一饮而尽——一百年过去了。

“再喝一杯吧，亲爱的朋友！”

新郎又喝了第二杯——两百年过去了。

“现在，再喝第三杯，喝完你就走吧！以上帝的名义，庆祝你的婚事！”

他喝了第三杯——三百年过去了。

死去的兄弟向他告别。棺材盖合上，坟墓关闭了。

新郎环顾四周。原来墓地所在的地方，现在成了一片荒地。没有道路，没有他的亲戚朋友，也没有马。四周长着荨麻和高高的杂草。

他回到村子里，但村子里已经不是以前的样子了。房子和以前不同，那里的人他一个也不认识。他去了神父那里——神父也不是原先的那个神父了——把发生的一切都告诉神父。神父翻遍了教堂里所有的书，发现三百年前发生过一件这样的事：一个新郎在结婚当天去了墓地，然后就消失了，而一段时间后，他的新娘嫁给了另一个人。

裹尸布

村子里有一个女孩，非常懒惰，讨厌工作，却非常聒噪，总是叽叽喳喳！她突然想办一个纺纱派对，邀请其他女孩来参加。村子里的人都知道，往往是懒惰的人提出办纺纱派对，而喜爱甜食但不懒惰的人会前去参加。

于是，派对当晚，纺纱的女孩都聚到她家。她们替她纺织，她提供食物来款待她们。她们聊天中问道："谁的胆子最大？"

懒虫说："我不害怕任何事情！"

其他女孩说："如果你不害怕，就穿过墓地到教堂去，从门上取下圣像，并把它拿回来。"

"好，我去拿。不过你们每个人都必须帮我纺完一整卷纱。"

她心想：我什么也不用做，都让她们做吧。她出发去教堂，取下圣像，带回了家。朋友们都确认了，那果然是教堂的圣像。可是她得把圣像重新挂回去，而此时已是午夜时分。谁去挂呢？最后，懒虫说："你们继续纺纱，我自己去还。我什么都不怕!”

于是，她又去了教堂，把圣像放回原位。回程中，经过墓地时，她看见一具穿着白色裹尸布的尸体正坐在坟墓上。那个夜晚，月光明亮，一切都看得清清楚楚。她走到尸体跟前，从尸体上扯下裹尸布。尸体沉默着，一句话也不说。毫无疑问，尸体还没开始说话，她就拿着裹尸布回家了。

“好了!”她说，“我把画放回原处了。还有，这是我从一具尸体上拿走的裹尸布。”

一些女孩感觉十分害怕，另一些则不相信她的话，还嘲笑她。

不过，她们躺下睡觉后，突然听到那具尸体敲了敲窗户，说：“把裹尸布还给我！把我的裹尸布还给我!”

女孩们惊慌失措，不知道自己是否还活着。懒虫拿起裹尸布，走到窗前，打开窗户，说：“裹尸布在这，还给你。”

“不。”尸体回答，“你从哪里拿的，就把它放回哪里。”

这时，公鸡开始打鸣。尸体消失了。

第二个晚上，当纺纱女孩都回到自己家后，就在前一晚的同一时分，那具尸体又来到懒虫女孩家门口，敲了敲窗户，叫道：“把我的裹尸布还给我!”

这次，女孩的父母打开窗，把裹尸布递还给尸体。

“不。”尸体说，“让那个懒虫把裹尸布还回原位。”

“现在？我怎么能和尸体一起去墓地呢？真是个糟糕的主意！”她回答。

次日，女孩的父母拜访神父，把整件事告诉他，并寻求他的帮助。

“您能主持个仪式以解决问题吗？”他们问。

神父沉思了一会儿，接着回答：“请让她明天到教堂来。”

第二天，懒虫女孩前往教堂。仪式开始，许多人都来了。仪式快结束了，他们正要唱基路伯赞歌时，忽然起了一阵旋风，而且不知是从哪里来的，甚是可怕，人们都俯伏在地。旋风卷起了那个女孩，然后把她摔在地上。瞬时，女孩消失了，只有她的头发留在地上。

棺材盖

一天晚上，一个农民骑马载着许多罐子赶路。他的马跑累了，经过墓地时突然停了下来。农民解开他的马，放它去吃草。与此同时，他躺在一个坟墓上。但不知为何，他没有睡着。

农民在那里躺了一段时间。忽然，他身下的坟墓打开了，他感受到了动静，一跃而起。一具尸体从坟墓里走了出来，裹着白色的裹尸布，手里拿着棺材盖。尸体跑到教堂，把棺材盖放在大门口，然后向村子走去。

这个农民是个胆大的家伙。他跑去拿起棺材盖，站在马车旁，等着看接下去会发生什么事。过了一会儿，尸体回来了，打算把那个棺材盖捡起来，但发现棺材盖消失了。它四处寻找，最终追踪到农民那里，说："把棺材盖还给我，如果你不照做，我就把你撕成碎片！"

"嘿，这是我的斧头，你觉得怎么样？"农民回答，"我能让你碎成万段！"

"请把它还给我吧，好兄弟！"尸体请求。

“如果你告诉我，你刚刚去了哪里以及做了什么，我就把它还给你。”

“好吧，我刚刚在那个村子里，杀死了两个年轻人。”

“那你现在告诉我，怎么能让他们复活。”

尸体犹豫地答道：“剪下我裹尸布的左半边，带上它。你进入年轻人被害的屋子后，往一个罐子里倒一些燃烧着的煤，再把剪下的裹尸布放进去，然后锁上门。死去的年轻人马上就会被浓烟熏醒并活过来。”

农民剪下裹尸布，把棺材盖还给了尸体。尸体回到坟墓，坟墓开启。但是就当它要跳进去时，突然，公鸡开始啼叫，于是它来不及把棺材盖好，棺材盖的一端露出地面。

农民目睹了一切，并留了个心眼。天色渐亮，他骑上马前往村子。一间屋子里传来哭声和哀叫声，他走进去一看，两个死亡的年轻人躺在地上。

“别哭，”他说，“我能让他们起死回生。”

“拜托您复活他们，亲爱的先生。”他们的亲友说，“我们愿意把一半的财产给你。”

农民按照尸体的指示完成了所有步骤，年轻人都复活了。年轻人的亲友很高兴，但他们立即抓住那个农民，并用绳子捆住了他，说：“不许走，巫士！你是怎么知道如何让他们起死回生的？也许就是你杀了他们！”

“你们在说什么？请不要在上帝面前胡说八道！”农

民大叫。

随后，他把昨晚发生的一切都告诉了他们。消息传遍全村，村里的所有人都聚集起来，一窝蜂地涌向墓地。他们找到了那个坟墓，把它撬开，然后把一根白杨木桩插进尸体的心脏，使其不能再起来杀人。他们给予了农民丰厚的奖赏，并把他送回家了。

两具尸体

一名士兵获准回家休假，他将回家向圣像祈祷，并在父母面前下跪行礼。当他出发的时候，太阳已经落山了，周围一片漆黑，他碰巧经过一个墓地。就在这时，他听到有人在追赶他，并叫道："停下！不准逃走！"

他回头一看，一具尸体正咬牙切齿地追他。士兵拼命跳到旁边，想要躲开这具尸体。他看见了一个小礼拜堂，于是径直冲了进去。

小礼拜堂里空无一人，但一张桌子上躺着另一具尸体，面前有一支细蜡烛正在燃烧。士兵躲在角落里，几乎不知道自己是活着还是已经死了，只是等着看接下去会发生什么事。不一会儿，第一具尸体跑了进来——就是那具追赶士兵的尸体。那具躺在桌上的尸体跳起来，对它大吼："你跑来干什么？"

"我追着一个士兵来到这里，打算吃了他。"

"兄弟！他已经进了我的地盘，我要独自享用他。"

"不，他是我的！"

“不!”

然后，它们打了起来，尘土飞扬。它们本来还要继续打，不过突然间公鸡开始打鸣，两具尸体都毫无生气地倒在了地上。士兵平平安安地回家了，他说：“感谢上帝保佑！我躲过了一劫!”

被抛下的狗

有一天，一个农民出门打猎，带上了一只他最喜欢的狗。他走遍了树林和沼泽地，但一无所获。到了晚上，他经过一个墓地，看见一具披着白色裹尸布的尸体正站在两条道路的交汇处。农民非常害怕，不知道该继续走还是赶紧掉头。

他心想："只能这样了，不管会发生什么，我都继续往前走。"他的狗跟在他的脚边。尸体看见他后，向他走来，只见那尸体脚未触地，悬浮在空中，裹尸布随之飘动。它离农民越来越近，猛然向他冲去，但他的狗咬住了尸体裸露的小腿，开始和它扭打起来。当农民看到他的狗和尸体在互相搏斗，他很高兴自己没有受到伤害，于是奋力跑回家去。早上，公鸡开始打鸣，尸体便一动不动地倒在地上，打斗结束。狗立即疾跑追赶主人，正当农民快到家的时候追上了他，狗狂暴地咬他，似乎想把他撕成碎片。这只狗是如此野蛮、顽固，以至于房子里的人花了很大的力气才把它赶走。

“那只狗怎么了?”农民的老母亲问,“它为什么这么恨它的主人?”

农民把发生的一切告诉她。

“真是太糟糕了,我的儿子!”老母亲说,“因为你没有帮它,所以它恨你了!它为了救你,努力和尸体打斗,而你却抛下它,只想着救自己的命!它会永远记恨你!”

第二天早上,全家人——除了它的主人——在庭院里走来走去的时候,那条狗非常安静。但是当它的主人一出现,它就开始大声咆哮。

他们把它拴在了链子上,整整一年过去了,依然没有放开它。尽管如此,它从未忘记主人是如何抛弃它的。一天,它挣脱出来,径直扑向那个农民,并试图杀死他。

最后,他们只能把这只狗杀了。

士兵和吸血鬼

某士兵获准回家休假。他不停地赶路，一段时间后，他离自己的村子越来越近了。距村子不远处住着一个磨坊主。士兵以前和他关系亲密，他心想：“为什么不去看看老朋友呢?”夜幕降临时分，他到了磨坊。磨坊主热情地接待了他，并立刻拿出酒来。两人一边喝酒，一边畅谈他们的生活和作为。士兵在磨坊里停留了很长时间，天色渐渐暗了下来。

当他想要离开时，他的朋友叫道：“今晚就在这里过夜吧，士兵！现在已经很晚了，如果你执意要走，也许在路上会惹上麻烦。”

“怎么会呢?”

“上帝在惩罚我们！附近死了一个可怕的术士，每到夜晚他就从坟墓里爬起来，在村子里游荡，我们这边最胆大的人也害怕他！你怎么能不怕呢?”

“我一点也不怕！士兵归属于王国，是王国的财产，大水淹不死我，大火也烧不死我。我必须离开了，我迫切地想尽快见到我的家人。”

他离开了。经过一片墓地时，在一个坟墓前，他看见一团大火正在燃烧。“那是什么？”他心想，“我去看看吧。”他走近那个坟墓，看到那死去的术士正坐在火边缝补靴子。

“嘿，兄弟！”士兵说。

术士抬头看向他，说：“你来这儿干什么？”

“嗨，我来看看你在做什么。”

术士把靴子扔在一边，邀请士兵和他一起去参加婚礼。

“跟我来吧，兄弟！”术士说，“好好享受。村子里正有人在举办婚礼。”

“好，走吧！”士兵回答。

他们来到婚礼现场，喝了酒，并受到了最殷勤的款待。术士不停地喝酒，沉浸在快乐之中。然而，没过多久，他突然变得很愤怒，把所有的宾客都赶出了屋子。他用魔法让那对新人陷入昏睡，再拿出两个药瓶和一把锥子，用锥子刺破新郎和新娘的双手，开始抽他们的血，再分别灌入药瓶。做完一切，他对士兵说：“我们现在可以走了。”

他们一起离开。路上，士兵说：“告诉我，为什么要抽他们的血，再灌入药瓶？”

“为了让他们死去，明天早上将没人能叫醒他们。只有我知道如何让他们起死回生。”

“怎么能让他们起死回生?”

“他们的手掌根部有伤口，只要把他们的血倒到各自的伤口，就能让他们醒过来。我把新郎的血藏在右边口袋里，新娘的在左边口袋里。”

士兵默默听着，不发一言。术士又开始吹嘘自己。

“不管我想要什么，”他说，“我都能做到。”

“我想你永远也不可能被打败吧。”士兵说。

“为什么不可能？如果有人堆起一百担白杨木，把我放在那个柴堆上，再放一把火，那我就被消灭了。只是在烧死我的时候必须小心，因为蛇和各种爬虫都会从我的尸体里爬出来，同时乌鸦、喜鹊、寒鸦也都会飞出来。必须把这些动物都抓起来并扔到柴堆上烧死。哪怕仅仅有一条小小的蛆虫逃走，也会前功尽弃。因为我就附在蛆虫上逃走了！哈哈。”

士兵把他说的话牢记在心里。他又和术士聊了一会儿，最后两人走到坟墓前。

“好了，兄弟！”术士说，“我现在必须杀死你，以免你把我的秘密泄露出去。”

“你在说什么？别骗你自己了，你杀不了我，我为上帝和国王服务。”

术士咬牙切齿，大吼一声，扑向士兵。士兵拔出剑，勇猛地向术士扑去。他们打斗着，士兵逐渐体力不支，他喊道："啊！我只是一个迷路的人，我什么都不会说出去！"突然，公鸡开始打鸣，术士无力地倒在地上。

士兵从术士的口袋里取出那两瓶血，赶紧回到村子里。他到家以后，和亲友们打了招呼。他们问："你遇到过什么糟心事吗，士兵？"

"没有。"

"哎，我们村可真是倒大霉了！到了晚上，一个死去术士的鬼魂经常出没于村子里！"

他们又和士兵聊了一会儿，随后便躺下睡觉了。

早晨，士兵醒来，问："你们说过昨天去参加了一场婚礼？"

"对，村里的一个富农的婚礼，但新郎和新娘都在当晚死了。没有人知道是怎么回事儿。"

"这个富农生前住在哪里？"

他跟着家人，一言不发地前往富农的屋子。到了那里，他发现那些人都泪流满面。

"你们哭什么？"他说。

"我们家发生了这种事，我们怎么能不伤心呢？"他们回答。

"我可以让这两个年轻人复活。要是我成功了，你们能给我什么？"

"你要什么都可以，我们甚至愿意把财产的一半分给你！"

士兵按照术士的话把两个年轻人救活了。他们的家人不再哭泣，脸上洋溢着幸福和喜悦的笑容。士兵受到了周到的款待，得到了丰厚的奖赏。然后他去找了村长，叫村长把村民们都召集起来，准备一百担白杨木。村民们把白杨木搬到墓地里，又把术士的尸体从坟墓里挖出来，放在白杨木堆上，然后点燃木堆。周围的村民拿着扫帚、铲子和火钩围成一圈。术士的尸体被熊熊大火包围，尸体突然爆裂，大量蛇和各种爬虫从尸体里爬出来，乌鸦、喜鹊和寒鸦也飞了出来。农民们抓住它们，把它们扔进火里，连一条蛆都不放过！终于，术士被彻底消灭了。士兵把他的骨灰撒向风中。此后，村子里一片平静。

所有的村民都对士兵表示了感谢。他在家继续休息了一段时间，并度过了愉快的时光。休假结束后，他带着钱，重新回去为沙皇效劳。他服役期满后，从军队退役，从此过着自在的生活。

第六章
传奇故事

先知以利亚与尼古拉斯

很久以前，有一个农民，总是非常虔诚地对待圣尼古拉斯日，对以利亚日却丝毫不重视，甚至在当天如往日一般正常劳作。为了向圣尼古拉斯表达敬意，他会在圣像前点上一根细长的蜡烛，并进行礼拜。至于先知以利亚，他却几乎记不起来了。

有一天，先知以利亚和圣尼古拉斯经过这个农民的土地。他们一边走，一边看着庄稼地。绿油油的叶片长得非常漂亮，让人看着就觉得心里很舒服。

“这块地将有一个好收成!”圣尼古拉斯说，“农夫也确实是个好人，既诚实又敬神，是一个牢记上帝、思念圣徒的人!”

“我们就等着看他的收成将会如何吧!”以利亚回答，“当我用闪电烧尽他的庄稼，用冰雹砸平他的土地时，你的这个农民就会知道什么是对的，就能学会虔诚地对待以利亚日。”

他们大吵一架后，分开了。圣尼古拉斯径直走到那个农民面前，对他说："马上把你所有的谷物——没成熟也没关系——连同土地卖给以利亚的神父。如果你不这样做，最终就什么也得不到，因为全部庄稼都会被冰雹砸坏。"

农民立刻冲向以利亚的神父那里。

"尊敬的神父大人，您不买点谷物吗？我要把我的庄稼都卖了。我现在急需用钱。买吧，神父！我便宜点卖给您。"

他们讨价还价一番，最后达成一致。农民拿着钱回家了。

过了一段时间，原先属于这个农民的土地遭遇了一阵暴风雨，雨势凶猛，冰雹夹杂其中，就像刀子一样把所有的庄稼都砍掉了，什么都没剩下。

第二天，以利亚和圣尼古拉斯经过。以利亚说："看看我是怎么破坏那个农民的庄稼地的！"

"农民的？啊不，兄弟！你毁坏得很彻底，不过那块地属于你的神父，而不是农民。"

"是神父的？怎么会这样？"

"哎，是这样的，上周农民把它卖给了神父，并得到了一笔钱。我觉得神父要赔钱了！"

"停一下！"以利亚说，"我马上就把一切恢复原样。庄稼的收成会比原来还多一倍！"

他们结束对话，各自离开了。圣尼古拉斯回到农民那里，说：“去找神父把你的庄稼买回来，你将不会有任何损失。”

农民走到神父跟前，鞠了一躬，说道：“我都看到了，尊敬的神父大人，不幸降临，冰雹把整片田地砸得如此平坦，简直可以在上面滚球了。既然情况如此，我们就平分损失吧。我要收回我的田地，这是一半的钱，作为给你的补偿。”

神父喜笑颜开，他们立即就成交了。

与此同时，农民的土地越变越好。老根上长出新的嫩茎，雨云正好飘过庄稼地，给土壤带来了喝水的机会，地里长出了又高又粗的作物。至于杂草，却一根也没有。谷穗越长越饱满，直到完全垂到了地上。

不久，太阳当空，黑麦成熟了，田野里仿佛长出了许多金子一般。农民收割了许多捆麦子，又把它们堆在一起。现在，他开始搬运这些作物。

就在这时，以利亚和圣尼古拉斯从这边走过。先知以利亚欢欢喜喜地看着土地，说：“你看，尼古拉斯！真是太好了！我已经报答了神父，他一辈子也忘不了这件事。”

“神父？不，兄弟！这的确很棒，但你看，这片土地，是属于那个农民的。神父跟这里的丰收一点关系都没有。”

“你在说什么？”

“我说的完全是事实。当冰雹把所有的土地砸平后，农民去找你的神父，以半价买回了土地。”

“别说了！”以利亚说，“我要把剩下的作物毁了。不管他在打谷场晒多少捆粮食，每次脱粒后他只能得到一撮谷粒。”

“糟糕了！”圣尼古拉斯心想。他立刻去找农民。

他说：“记住，当你开始打谷脱粒的时候，一次不要放超过一捆在地上。”

农民开始打谷，每打一捆，他就能得到一撮谷粒。他所有的箱子、仓库里都装满了黑麦，但仍然还剩很多。于是，他盖了新的谷仓，新的谷仓又装满了。

一天，以利亚和尼古拉斯路过农民的家，以利亚开始四处张望，说：“你看到他新建的谷仓了吗？难道他有什么余粮能放进去吗？”

“谷仓已经装满了。”尼古拉斯回答。

“啊，为什么？他从哪里获得这么多谷物？”

“他每次打谷只打一捆黑麦，那就能得到一撮谷粒。他一次从不打超过一捆谷物。”

“啊，尼古拉斯兄弟！”先知以利亚猜测，“是你把一切都告诉了那个农民！”

“真是个不错的主意！我应该告诉他——”

“你别找借口了，这就是你做的！但那个农民不应该不尊敬我，还把我忘了！”

“哎，那你接下去打算做什么？”

“不管我要做什么，我都不会再告诉你了！”以利亚回答说。

“灾难要降临了。”圣尼古拉斯想。于是他又去找了农民，说：“你赶紧去买两根蜡烛，一根大的，一根小的，并按我说的做。”

第二天，先知以利亚和圣尼古拉斯装扮成旅行者一起在路上走着，遇到了农民。农民提着两根蜡烛，一根大的，一根小的。

“你要去哪里，农民？”圣尼古拉斯问道。

“我要去给先知以利亚供奉大蜡烛，他对我简直太好了！当我的作物被冰雹毁坏后，他不仅让我的土地重新好了起来，还赐予我一次格外丰盛的收成，比别人的要多一倍。”

“那么这根小蜡烛呢，是给谁的？”

“啊，是给尼古拉斯的！”农民回答后，便离开了。

“好了，以利亚！”尼古拉斯说，“你之前说我把所有的事情都告诉了农民，你现在再想想吧！”

事情就这样结束了。以利亚得到了安抚，不再伤害农民。农民过着富裕的生活，不过从那时起，他就开始怀着虔诚的心平等对待以利亚日和圣尼古拉斯日。

轻率之言

某个村子里，住着一对非常贫穷的老夫妇，他们有一个儿子。儿子长大了，老妇人对老人说："是时候让我们的儿子结婚了。"

"没错，那你去为他找一个妻子吧。"

于是，老妇人拜访了邻居，请求他把女儿嫁给自己的儿子，邻居拒绝了。她去了第二家人家，但他们也拒绝了。她又去拜访第三家，却被直接赶出了门。她走遍了整个村子，没有人答应她的请求。她回到家后，说："老头子！我们的儿子是个倒霉鬼！"

"为什么？"

"我走遍了整个村子，拜访了每户人家，但没有人愿意把女儿嫁给他。"

"真是糟糕！"老人说，"夏天马上就要到了，但是没有儿媳妇伺候我们。到另一个村子去吧，老婆子，也许你会在那儿给他找个新娘。"

老妇人走到另一个村子，拜访了各家各户，但没有一点儿收获。无论她去哪户人家，她都会被拒绝。她心灰意冷地回家了。

“没有人！”她说，“没有人愿意嫁到我们这种穷人家。”

“如果是这样，那你走断腿也没用。休息会儿吧。”

他们的儿子感到痛苦万分，开始恳求父母说：“我的亲生父亲、亲生母亲，请给我祝福。我要亲自去寻找自己命中注定的爱人。”

“但是，你要去哪里？”

“我的眼睛会指引我。”

他们给予了他祝福，让他去实现自己的心愿。

年轻人走在公路上，开始痛哭起来，他边走边自言自语道：“难道我天生就比所有人都差，差到没有一个姑娘愿意嫁给我吗？我想，如果魔鬼赐给我一个新娘，我也愿意娶！”

忽然，一个看上去很老的老人出现在他面前，好像刚从地里爬出来似的。

“你好，年轻人！”

“你好，老人！”

“你刚才说什么？”

年轻人吓坏了，不知道该如何回答。

“别害怕！我不会伤害你的，而且也许我可以帮你摆脱困境。大胆地说吧！”

年轻人把事情原原本本地告诉了他。

年轻人说："我是个可怜的人！没有一个女孩愿意嫁给我。好吧，我走着走着，就觉得非常痛苦。我痛苦地说：'如果魔鬼赐给我一个新娘，我也愿意娶她！'"

老人笑道："跟我来，我让你为自己选一个可爱的新娘。"

不久，他们抵达湖边。

"背对着湖面，然后往后退。"老人说。年轻人转身往后退，还没走几步，就发现自己到了水下，走在一座白石宫殿里。所有的房间都布置得很华丽，装饰得很巧妙。老人递给他食物。接着，老人给他介绍了十二个姑娘，每个都一样漂亮。

"选一个你喜欢的吧！无论你选哪个，我都会把她赐给你！"

"这可真令人头疼！"年轻人说，"我得好好想想，明天早上再答复你！"

"好的，仔细想想吧！"老人说。随后，他把他的客人带到一间卧室。

年轻人躺下，开始思考："我该选哪一个呢？"

突然，房门打开了，一个美丽的少女走进了房间。

"你睡着了吗，好青年？"她说。

"没有，美丽的少女！我还不能入睡，因为我得思考选哪个女孩。"

"这正是我来给你提建议的原因。你看，好青年，你已经是魔鬼的客人了。现在仔细听着：如果你想继续生活在人类世界，那就照我说的做。但如果你不听从我的指示，你就永远不能活着离开这里！”

“请告诉我怎么做，美丽的少女。我一辈子都不会忘记你的指示。”

“明天魔鬼会带来十二个姑娘，每一个都长得一模一样。不过，你必须仔细看过后选择我。一只苍蝇会停在我的右眼上方，这是给你的提示。”然后，美丽的少女开始向他讲述她自己的经历，并告诉他她是谁。

“你认识某某村的神父吗？”她说，“我是他的女儿，九岁时从家里消失了。有一天，我父亲生我的气，怒气冲冲地说：‘愿魔鬼把你带走！’我坐在家门口的台阶上，开始大哭。突然，魔鬼抓住了我，并把我带到这里，我现在和他们一起生活在这里。”

第二天早晨，老人把十二个美丽的少女带来，每个人都长得一模一样。他让年轻人为自己挑选新娘。他看着她们，选择了右眼上方停了一只苍蝇的女孩。老人——也就是魔鬼不愿意放弃她，就让姑娘们换了个地方，叫他重新选择。年轻人又选择了同一个少女。魔鬼迫使他再选择第三次。他又选对了他的新娘。

“好吧，你很走运！带她回家吧。”魔鬼说。

年轻人和美丽的少女即刻发现自己已经到了湖边。他们一直往后退着走，直到走到那条大路。不一会儿，一群魔鬼就追过来了，大叫：“把我们的少女还回来！”

魔鬼们找不到年轻人和少女离开湖面的痕迹，因为所有的脚印都通向水里。他们跑来跑去，四处寻找，最终没有找到。

这位好青年带他的新娘回到了她的村子里，在神父的房子对面停了下来。神父看见他，就派人去打听他们是谁。

“我们？我们是旅人。请允许我们今晚在您家留宿吧。”他们回答。

“今晚有商人来拜访我。”神父说，“即使没有他们，房子里的空间也很小。”

“你在想什么，神父？”一个商人说，“接待旅人是每个人的责任，他们不会干涉我们的。”

“好吧，让他们进来。”

他们进入小屋，和屋里的人相互致意，最后坐在了角落里的长凳上。

“您还记得我吗，父亲？”美丽的少女问，“我是您的女儿。”

然后她把发生的一切都告诉了他。他们开始亲吻、拥抱彼此，流出喜悦的泪水。

“这个人是谁？”神父说。

“他是我的未婚夫。他把我带回了人类世界，要不是他，我会永远待在下面！”

随后，美丽的少女解开她的包袱，里面有金盘子、银盘子，是她从魔鬼那里拿来的。

一个商人看着这些盘子说："啊！这是我的盘子。有一天，我正设宴招待客人，喝醉后对我的妻子发火了。'让你的盘子跟你一起见鬼去吧！'我叫了起来，把桌子上我能抓到的东西都往门外扔。就在这时，我的盘子不见了！"

事实确实如此。那时，当商人提到魔鬼的名字时，魔鬼立刻出现在了门口，开始抢夺金器和银器，并扔出一些陶器来代替它们。

总之，这位年轻人意外地娶了一位极好的新娘。他们结婚后，他就带着她回到父母那里去了。那对老夫妇在很久以前就以为永远失去了他们的儿子。的确，这不是在开玩笑，年轻人离开家已经整整三年了，可是在他看来，他跟魔鬼在一起的时间还不超过二十四个小时。

图书在版编目（CIP）数据

海王与智慧的瓦西里萨：俄罗斯民间故事 / 郭国良主编；李芸倩，季辰暘选译. — 杭州：浙江大学出版社，2020.8

（丝路夜谭）

ISBN 978-7-308-20355-5

Ⅰ. ①海…　Ⅱ. ①郭…　②李…　③季…　Ⅲ. ①民间故事-作品集-俄罗斯　Ⅳ. ①I512.73

中国版本图书馆CIP数据核字（2020）第119215号

海王与智慧的瓦西里萨：俄罗斯民间故事

郭国良　主编

李芸倩　季辰暘　选译

出 品 人　褚超孚
总 编 辑　袁亚春
策　　划　张　琛　包灵灵
责任编辑　田　慧
责任校对　董　唯
封面设计　周　灵
出版发行　浙江大学出版社
（杭州市天目山路148号　邮政编码310007）
（网址：http：//www.zjupress.com）
排　　版　杭州兴邦电子印务有限公司
印　　刷　浙江省邮电印刷股份有限公司
开　　本　889mm×1194mm　1/32
印　　张　8.125
字　　数　144千
版 印 次　2020年8月第1版　2020年8月第1次印刷
书　　号　ISBN 978-7-308-20355-5
定　　价　32.00元
